脳科学捜査官　真田夏希

サイレント・ターコイズ

鳴神響一

角川文庫
23505

目次

第一章　きざし

【1】

さわやかな初夏の風がリビングの窓からそよ吹いている。

真田《さなだ》夏希《なつき》は朝食の支度を始めようとキッチンに立った。

少し早く起きたのと、季候がいいのでなんとなく気分がよかった。

そうは言っても出勤前にそんなに凝ったことはできるはずもない。

昨日買ってきたベーグルがあったので、簡単なベーグルサンドを作ることにした。

冷蔵庫に入っていたスモークサーモンとカッテージチーズ、アボカドとフリルレタスを取り出してキッチンユニットに置いた。アボカドを適当に切ったら、あとは具材をベーグルに載せるだけだ。

かたわらのコーヒーメーカーに挽《ひ》き豆と水をセットしてスイッチを入れた。

「ねぇ《歌いーぬ》くん、明るくてかるいフレンチ・ポップをお願い」

夏希はリビングに置いたサイドボードに向かって声を掛けた。

「おまかせだワン」

とぼけたような低めの声が返ってきた。

すぐに《歌いーぬ》が両目をパチパチさせながら、ポムの『ポーリーヌ』を流し始めた。

ポムことクレール・ポメは、フレンチ・ポップの新しい潮流のひとつであるフォークポップの新星だ。

まだ少女らしさの残るヴォーカルが明るい旋律をふんわりと歌っている。

ポムの声はビーグル犬っぽい白茶のぬいぐるみから流れ出ている。

オーディオメーカーのサウンドウィンド社が製造している《歌いーぬ》は、ネットワーク・プレーヤーによる音楽再生がメインの製品だ。

音声対話機能を備えており、天気予報や交通情報、ニュースなどについてリアルタイムな情報を音声で告げさせることもできる。コミュニケーション・ロボットとスマートスピーカーのふたつのジャンルにまたがるガジェットだと言えた。

対話応答には男性、女性、さらに少年の声と三種類の音声が選べる。夏希はデフォルトの男性の声を選んでいた。

自分なりにシロだのジョンだの名前をつけて覚えさせることもできるが、夏希は彼を《歌いーぬ》の名のままで呼んでいた。

夏希はいままでこうしたツールとは無縁だった。

独り暮らしの淋《さび》しさがかえって際立つ気がして購入する気にはなれなかったのだ。

この《歌いーぬ》は、函館《はこだて》の高校の同級生である石川希美《いしかわまれみ》がプレゼントしてくれたものだった。

先月、横浜《よこはま》市役所に勤める彼女が、横浜市内で転居した。夏希はヴェネチアングラスの酒器セットを贈った。希美のリクエストで、鮮やかで繊細な色合いの酒杯とデカンタだった。

その返礼で、希美が贈ってきたのが、《歌いーぬ》だった。

「この子がいると、落ち込んだときとか、淋しいときとかなんだかいいんだよ」

新居のダイニングテーブルで向かい合って座った希美は淋しげに笑った。

そんな希美を見ていて、夏希はなんだか胸がキュンとした。

夏希と同じく希美はずっと独り暮らしだ。仕事にやりがいを感じていて、彼女は道路局の係長という責任ある地位で日々の仕事をこなしている。

「ね、夏希だってときには淋しいときもあるよね。だから《歌いーぬ》がいいかと思って」

夏希はとまどったが、希美の好意をそのまま受けることにした。

希美からこの《歌いーぬ》が届いて、まだ三日だった。使い始めたばかりで、夏希は細かい機能がわかっていなかった。とりあえずはネットワーク・プレーヤーとして好きな音楽を聴くことに使っているだけだった。

カミーユ・ベルトー、ZAZ、インディラと、夏希のリクエスト通りの明るくかるいフレンチ・ポップがキッチンに流れ続けている。

インディラのオリエンタル・ティストの『S.O.S』のサビがいきなりさえぎられた。

「え？　え？　これなに？」

マイナーコードから始まる暗い旋律が沈んだ曲を奏で始めた。

一度も聴いたことのない不安感をあおるようなピアノとストリングスのイントロが、

リビングに響き渡っている。
夏希は背中に鳥肌が立つような錯覚を感じた。
いままで掛かっていたような最近の曲ではない。
古いSPレコード時代の音楽のように聞こえる。少なくとも数十年前の曲だろう。
やがてハスキーな重々しい中年の女性ヴォーカルが歌い始めた。
フランス語ではない。ドイツ語の響きだ。
夏希のリクエストとはかけ離れている。
「あのね、明るくてかるいフレンチ・ポップって頼んでるんだけど」
料理の手を止めた夏希はいらだちの声を《歌いーぬ》にぶつけた。
だが、返事はなかった。
女性ヴォーカルは、重々しく暗く不安に満ちた旋律をゆっくりと歌い続けている。
異様だ。異様な動作だ。こんなことがあっていいはずはない。
とつぜん曲が止まった。
「あなたの明日《あした》は暗い雲に覆われる」
いつもの《歌いーぬ》のとぼけたような声がひと言……。
「えっ……」

夏希は耳を疑った。

「あなたの明日は暗い雲に覆われる」

立て続けに《歌いーぬ》は言葉を重ねた。

「なに……なに言ってんの……」

背筋にぞっと寒気が走った。

「あなたの明日は暗い雲に覆われる」

同じ言葉がリビングから響いてくる。

「黙りなさいっ」

夏希は大股《おおまた》にリビングへと身体を移して叫んだ。

「凍《い》てつく雨は降り続け、冷たい風が吹きつのる。逃げる場もなくあなたは歩く。たどり着けないその場所へ」

わけのわからない不吉な言葉を《歌いーぬ》は淡々と話し続ける。

「しゃべるの止めて！」

夏希は大声で制止した。通常の動作なら、《歌いーぬ》は当然沈黙するはずである。

「あてどのない道をあなたは歩く。留《とど》まることも引き返すこともできはしない」

だが、呪いの言葉はいっこうに止まない。

「やめなさいっ」

不気味さが収まって夏希の胸には怒りがこみ上げてきた。

夏希は《歌いーぬ》の腹部にある電源スイッチを切ってソファに向かって投げつけた。

不吉な言葉はようやく止まった。

いったいどうしてこんな不愉快な現象が起きたのだろう。

どう考えてもメーカーであるサウンドウィンドがこんな仕様を組み込んでいたとは思えない。

ベーグルサンドをコーヒーで流し込むと、夏希は出勤の支度のためにサニタリーに向かった。

いったいどうしてこんなことになったのだろう。

原因は少しもわからず、不快感はずっと尾を引いていた。

週明けにどんよりとした気分で夏希は家を出なければならなかった。

横浜市営地下鉄ブルーラインの舞岡《まいおか》駅に向かう途中の林から響いてくるコジュケイの声で、いくらか気分は持ち直した。

【2】

夏希は勤務時間の一五分ほど前にサイバー特別捜査隊の汐留《しおどめ》庁舎に到着した。わずらわしい幾多のセキュリティを通過して自席のある6号室に入った。

庁舎内でいちばん広い部屋で一〇〇平米くらいのエリアには、小会議室を兼ねた織《お》田《だ》信和《のぶかず》隊長のブースと、夏希ほか五名の隊員のブースがある。さらに全体ミーティングを開けるようなスペースが確保されていた。

警察庁サイバー特別捜査隊は、さいたま新都心に位置する関東《かんとう》管区警察局のもとにある。だが、その中枢部分はこの汐留のオフィスビル内にひそかに設置されて住所も非公開となっている。

サイバー特捜隊のいわば秘密基地であるこの庁舎には、約二〇〇名のサイバー特捜隊員のうち、三二名が勤務していた。

ほかの隊員たちもすでに何人かは出勤していた。

入室時に夏希が「おはようございます」と声を掛けると、各ブースからもあいさつが返ってきた。

木製のパーティションで囲まれている夏希のブースは明るくて清潔だ。陽光の降り注ぐ窓際に白く清潔なデスクと、ペパーミント色のゆったりとしたオフィスチェアが置かれていた。

この席に着くと夏希はいつもホッとした気分になる。

隣のブースの五島雅史《ごとうまさふみ》主任は夏希と同じく特別捜査官枠で採用された警部補だ。ITエンジニア出身で、優秀な上に明るく朗らかでとても感じのよい男である。

朝一番に軽口のジョークで声を掛けてくるのが日常なのだが、今朝は姿が見えない。スーパーコンピュータを備える3号室にでもいるのだろうか。

楽しい話題ではないが、今朝の《歌いーぬ》の件について五島に話そうと思っていた。

あのぬいぐるみはネットワーク・プレーヤーの機能を持っている。素人考えでもクラッキングに関係がありそうだからだ。

夏希はデスクに二台並んだ右のパソコンを起《た》ち上げた。庁舎内用で夏希のIDナンバーでこのサイバー特捜隊の専用サーバーにアクセスできる。

マウスを操作して、あるセキュリティ対策企業が公表しているランサムウェア攻撃に対する実態調査のデータを呼び出した。

隊長の織田信和から目を通しておくように言われていた資料である。

夏希はメモをとるために大学ノートをひろげた。

ふつうの意味で言えば、PCは使い慣れている。だが、夏希はアナログの筆記具が好きだった。

昨年、NTTデータ経営研究所が、東京大学大学院の酒井《さかい》研究室と日本能率《のうりつ》協会マネジメントセンターと共同で行った興味深い実験がある。この実験では被験者を手帳群・タブレット群・スマホ群に分けて具体的なスケジュールを記載してもらった。その際、手帳とタブレットについては見開きの大きさを同じにし、タブレットにはペン入力するという方法をとった。

実験では三群に対してスケジュールの内容に関して解答する課題を実施した。その結果、三群のなかでもっとも短時間で解答を出せたのは手帳群だった。正答率については三群で差異が見られなかったことから、手帳群が短時間で要領よく解答していたことが明らかとなった。

さらに、課題を想起しているときの被験者の脳の状態をfMRIで計測したところ、言語処理に関わる前頭葉《ぜんとうよう》、記憶処理に使われる海馬《かいば》、さらに視覚を司《つかさど》る脳領域で血流の上昇が観測された。これらの脳活動でも手帳群がほかの二群より高くなることが明らかとなった。

実験が示すように、一定の仕事をこなす上ではアナログに優位性が見られる。このことを夏希は体感的に知っていた。

ともあれ、夏希はランサムウェア実態調査に関するディスプレイの文字を読みながら、ゲルインクのボールペンでメモをとっていった。

データのなかでは、まず我が国では世界の国々に比べると脅迫してきたクラッカーに対して身代金を支払っている率がきわめて少ないとする結果が目を引いた。クラッカーに対する妥協が社会的な非難を受けることを被害企業が恐れているためなのだろうか。

ランサムウェア攻撃にはデータを暗号化して使えなくする従来の方法のほかに、情報の暴露やサービス妨害、さらには顧客や利害関係者への連絡など三重・四重の脅迫手段を講ずることが増えているという記事も見られた。すでに夏希も理解している内容だった。

言うまでもなく、夏希はサイバー犯罪についての専門的知識を持っていない。

サイバー犯罪に関する新しい知識を次々に吸収していくのはなかなか大変だ。

ちなみにクラッカーという言葉は世間に浸透していない。

同時にハッカーという言葉が誤解されて用いられている。

日本工業規格（ＪＩＳ）の定義では「高度の技術をもった計算機のマニア」と「高度の技術をもった計算機のマニアであって、知識と手段を駆使して、保護された資源に権限をもたずにアクセスする人」がハッカーとされている。

サイバー犯罪者をハッカーと呼ぶのは間違いである。善悪ともにハッカーと呼ばれている時代があったために誤って使われているのだ。

悪意を持って他者のパソコンに侵入しデータを盗み出したり、破壊するなどの被害を与えるブラックハッカーは、現在ではクラッカーと呼ぶことが提唱されている。

五島チームの面々こそハッカーなのである。

九時半頃、黒いスーツ姿の五島が姿を現した。

「真田さん、隊長がミーティングすると言ってます」

あいさつもそこそこに五島は言った。

織田の方針で汐留庁舎では朝礼はなく、必要に応じてミーティングを行うことになっている。

「わかりました。全体ミーティングですか？」

着任して間もない頃、夏希を全メンバーに紹介するために開かれたほかには、全体ミーティングは二回しか行われていない。

「いえ、今朝は隊長のブースでやります。真田さんのほかは隊長、副隊長、山中《やまなか》さんと僕の五名です」

鼻筋の通った卵形の知的な顔が、いつになく険しい。なにか不測の事態が起きているに違いない。夏希の胸に緊張が走った。

「すぐに行きます」

五島はあごを引くと、さっときびすを返した。

PCの電源を落として大学ノートを片づけると、夏希は織田のブースへと向かった。

織田が奥のデスクに座っていて、残りの三人はブースの中央に置かれたレザーソファに座っていた。ソファは織田のデスクとは直角の位置なので、全員が顔を見合わせることができる。

「おはようございます」

夏希が明るく声を掛けると、皆があいさつを返してきた。

「真田さん、掛けてください」

いつも通りの温和な声で織田はソファを指し示した。

夏希はうなずいて、五島の隣に座った。

五島の目前のカフェテーブルにはノートPCが起ち上げられている。

正面には副隊長の横井時也《よこいときや》警視と、叩《たた》き上げの刑事出身の山中正俊《まさとし》警部が座っている。

横井は警察庁の警備局管理官から異動したキャリア組であり、山中は千葉県警の捜査一課から異動してきた捜査のプロである。

集められたメンバーはサイバー特捜隊でも中核部分を成す四人ということになる。

いささか緊張して夏希は織田の顔を見た。

「我々が取り組まなければならない、あらたな事件が発生しました。けさ、七時五分頃、全国でオーディオメーカー、サウンドウィンド社製のコミュニケーション・ロボットである《歌いーぬ》がいっせいに異常動作をみせました」

織田は静かな声で口火を切った。

「えっ！」

夏希は驚きの声を上げた。

織田もソファの三人も夏希に注目した。

「真田さん、どうかしましたか」

眉間《みけん》にかるくしわを寄せて織田が訊《き》いた。

「実はうちにも《歌いーぬ》がいるんです。それが今朝、異常な動作をしまして……たぶん七時過ぎだと思います」

夏希はさらっと答えた。

「どんな動作をしたか説明してください」

織田は身を乗り出した。

「いつものようにストリーミングサービスで自分の好きな曲をリクエストして流してたんです。そしたら、演奏の途中で急に途切れました。それで聴いたこともない古い暗い曲が流れ出して……曲は途中でいきなり終わりました。続けて《歌いーぬ》自身の声で『あなたの明日《あした》は暗い雲に覆われる』というような気味の悪い言葉が発せられました。わたしは何度か黙るように指示したのですが、一向に止まりませんでした。最後は腹が立ってきて電源ボタンを切って放り出しました」

夏希は今朝のできごとをなるべく冷静に説明した。《歌いーぬ》の異常動作を思い出すと、あらためてゾッとする思いだった。

織田はかるくあごを引き、横井と山中は顔を見合わせた。

「実はいまのお話とまったく同じ異常動作が多数確認されています。すでにテレビ等でも報道されているところです。サウンドウィンド社では営業開始から苦情の電話が鳴りっぱなしで業務に支障を来しているそうです。ですが、もちろんメーカーの仕様ではありません。同社から正式に警視庁に対して捜査依頼がありました。五島くん、お願いします」

織田は五島に話を振った。

「全国の各所で発生した現象は、真田さんが報告した内容とまったく同じです」

五島の言葉に山中が首を傾げた。

「その……《歌いーぬ》ってのはなにかね」

「これです」

五島がタッチパッドを操作すると、ディスプレイには《歌いーぬ》の写真が表示された。

「ふーん、犬のぬいぐるみだな。こいつが歌うのか」

パチパチと目を瞬《しばた》かせて山中が訊いた。

「はい。《歌いーぬ》はユーザーが購入した音楽ファイルやＹｏｕＴｕｂｅなどの無料ファイルを、ＡＩがリクエストに応じてストリーミング再生する機能をメインとしています。外見はご覧の通り犬のぬいぐるみですが、８ワットのアンプとモノラルスピーカーを備えたネットワーク・プレーヤーです。さらにマイクを内蔵しており、対話機能を備えています。楽曲リクエストなどのコマンドは基本的にはユーザーが呼びかけることで行うコミュニケーション・ロボットとなっています。音楽再生のほかにもニュースや天気予報、交通情報などさまざまなサービスに対応しています」

五島の説明はわかりやすかった。

「なるほどなぁ。独り暮らしの淋《さび》しい人間にはいいオモチャだな……あっ、こりゃ失礼」

夏希の顔をちらっと見て、山中は自分の額をぴしゃりと叩いた。

まぁ、実際その通りなのだが……。

「ユーザーからのコマンドはネット経由でサウンドウィンドのIoTサーバーに送られます。真田さん、リクエストした曲が途切れて古い暗い曲が流れたと言っていましたが、外国語の女性ヴォーカルではないですか」

夏希の顔を見て五島は訊いた。

「はい、ドイツ語のように聞こえました」

あの暗い歌声を思い出しながら夏希は答えた。

「間違いありませんね。その歌は一九三二年にドイツで流行した『凍《い》てつく道』という古いポップスで、歌っているのはベティーナ・キルシュという女性歌手です。ナチス党が台頭してきた当時の暗い世相を、冬に向かう晩秋の道にたとえた歌詞だと言われています。ドイツ語の歌詞なので細かいニュアンスはわからないのですが、邦訳すると『あなたの明日は暗い雲に覆われる』という、いま真田さんが言ったような文句から始まるそうです」

冷静な口調で五島は説明した。

「あれは『凍てつく道』という曲なんですか。とても陰気な歌でした。それにしても、古い曲ですね」

「当然ながらSPレコード時代の曲です。僕が調べた範囲ではこの曲の音源はスポティファイやアップルミュージックなどの音楽・映像配信サービスはもちろんのこと、YouTubeでも発見できませんでした。仮にリクエストをミスったとしてもまず『凍てつく道』が《歌いーぬ》から流れることはないと思います」

五島は顔をしかめて言葉を継いだ。

「この歌にはとても嫌なエピソードがありましてね。歌っていたベティーナ・キルシュはもとより、作詞者、作曲者も自死しているんです。そればかりじゃない。この曲を最後まで聴いた者は誰でも死にたくなってしまい、自らの生命を絶つという伝説がまとわりついています。呪いの曲としてドイツはもとより欧米諸国や日本でもわりあいと知られている話なんです」

しごくまじめな顔で五島は言った。

「やめてくださいよ」

夏希の背筋に冷たいものが走った。

「むろん都市伝説の類《たぐ》いです。むかしからこの手の話を持つ曲はいくつか存在しますが、実際に聴いてみたという猛者《もさ》はいくらでもいます。世の中に自殺を呼び込む曲など存在するはずがありません。ですが、この不吉なエピソードは一部ではけっこう有名で、今朝の異常動作の後、ほどなくSNSのツィンクルで言及した人たちがいます。最初に投稿されたものがこれです」

ささっと五島がPCを操作すると、ディスプレイにはおなじみの画面が表示された。

――うちの《歌いーぬ》がとつぜん呪いの曲を歌い始めたんだけど。『凍てつく道』ってドイツの曲。この曲を最後まで聴いてしまった人は必ず自殺するって話。それだけじゃなくって途中からその恐ろしい歌詞を日本語でしゃべり始めたんだよ。なにこれ。うちが呪われるってこと？　だとしたら恐すぎるんですけど。

ＹＵＫ77というハンドルネームの投稿者は《歌いーぬ》の写真とともにこんなことを投稿していた。

「ご覧の通り投稿には一万件を超える『いいね！』がついていて、シェアも二〇〇〇件を上回っています。バズったと呼べるレベルです。すぐにファクトチェックを行っている人も出てきて、この投稿の都市伝説が存在することを伝えています。また、ほとんどのリプライが、メーカーに対する非難の意味合いを持っています。続けて一八件ほどの同様の投稿が見られました。同じく気味の悪い歌が流れて《歌いーぬ》が不吉な言葉をしゃべったという内容です。それぞれかなりのリプライなどがついています。一連のツィンクルの投稿がサウンドウィンドに対する苦情電話集中の一因となっていることはたしかです。ところで真田さんはどんな音楽配信サービスを利用していますか」

夏希の顔を見て五島は訊《き》いた。

「おもにアップルミュージックです。ＹｏｕＴｕｂｅにアップされている曲も聴きますが」

夏希は複数の音楽配信サービスを契約する必要性を感じていなかった。

「やはりそんなところですよね。先にも言いましたが、どちらにも『凍てつく道』の音声データはありません。つまり《歌いーぬ》から聞こえるはずはないのです。それが流れた。しかも邦訳された歌詞を《歌いーぬ》の声で話し始めた。つまり今朝の一連の異常動作はサウンドウィンドのIoTサーバーが何者かにクラッキングされたためとしか考えられません。このIoTサーバーに対して、犯人はどこかのクラウドなどに置いた『凍てつく道』の音声ファイルを再生させるコマンドと、各家庭の《歌いーぬ》に歌詞テキストを読み上げるように命ずるコマンドを送信したのです。現在再生中の音声ファイルを停止させて無理やり割り込むように《歌いーぬ》に搭載されているCPUに命じたわけです」

五島は眉根《まゆね》を寄せた。

「やはり《歌いーぬ》の異常動作はクラッキングと考えるほかないですね」

織田は蔭《かげ》りのある声で言った。

「たしかにクラッキングとしか思えんなぁ」

横井が低くうなった。

「残念ながら、ほかの可能性は考えられません」

不愉快そうな顔で五島は断言した。

「オーディオメーカーだけにそれほど強固なセキュリティは講じていないだろうがな」

つぶやくように横井は言った。

「たしかにその通りだと思います。ただ、今回の犯行は非常にユニークだと思います。まるで最初のサイバー攻撃とも言える初期のコンピュータウイルスに似たものを感じます。世界で最初のコンピュータウイルスは一九七一年に出現した『クリーパー』と呼ばれるプログラムでしたが、『I'M THE CREEPER. CATCH ME IF YOU CAN!（わたしはクリーパーだ。あなたに捕まえられるだろうか？）』というメッセージを表示するような害のないものでした。パソコンが普及し始めた時期のウイルスも画面におかしな文字列を表示する程度のものでした。現在のサイバー攻撃はすでに説明するまでもないほど悪質化しています。ところが、今回の《歌いーぬ》への攻撃は単にユーザーを驚かせようとしているだけのタイプにも見えます」

不可解そうに五島は言った。

「驚きましたけど。それ以上に怖かったです」

最初に『凍てつく道』のイントロが流れ始めたときの恐怖感を夏希は思い出した。

「たしかに怖かったでしょう」

織田が同情するような声で言った。

「しかし、犯人はなんのためにそんな悪ふざけみたいなことをしたんだろうな」

山中は腕を組んだ。

「なにかしらの明確な目的があるとは思いますが……」

首をひねって五島は答えた。

「五島くん、初期のコンピュータウイルスと今回の事件の決定的な違いがあるよ」

横井がきっぱりと言った。

「決定的な違い……ネットワークを通じたＩｏＴのようなシステムや、クラッキングなどという行為は初期のウイルス時代には存在しませんでしたが……」

「その点を言ってるんじゃないよ。初期のコンピュータウイルスは不特定多数のＰＣユーザーが被害者なんだよね」

「ええ、その通りです」

「今回も真田さんをはじめとする《歌いーぬ》ユーザーは不特定多数の被害者には違いない。しかし、ほかに明確な被害者がいるじゃないか」

口もとにやわらかい笑みを浮かべて横井は言った。

「メーカーのサウンドウィンドが被害者であることは間違いありませんが……」

五島の言葉に横井はうなずいて言葉を続けた。

「そうだよ。業務に支障を来すほどの苦情が入ったわけだ。それ以上に、同社と《歌いーぬ》に対する信用が大きく傷ついたんだ。サウンドウィンドは港区《みなと》に本社のあるプライム市場上場企業で、経営状態は良好だ。だが、その企業イメージに傷がついたことは否めないだろう」

横井は厳しい顔で言葉を継いだ。

「五島くんの指摘の通り、本件はクラッキングによるサイバー犯罪だろう。だから本来はその犯人が非難されるべきだ。だけどね、ユーザーをはじめ世間の非難はまずサウンドウィンドに向けられる。同社の信用回復には一定の時間を要するだろう」

横井は冷静な口調で説明した。

「犯人の本当のターゲットは《歌いーぬ》ユーザーではなくサウンドウィンドというわけですね」

納得がいったように五島は答えた。

「わたしはそう思っている。ユーザーへの攻撃は目的じゃなくて手段に過ぎないんだよ」

横井の言葉に異論はなかったが、巻き添えを食ったことになる夏希としては憤懣《ふんまん》やるかたない思いだった。

「いまのところ、サウンドウィンド社にも、我々に向けても犯行声明などは送られていません。ですが、横井さんの話からすると、犯人が今後なんらかのメッセージを発信する可能性は否定できませんね」

織田は気難しげに眉間《みけん》にしわを寄せた。

「横井副隊長の仰せのとおりでしょう。だがね、わたしには犯人の動機がちっともわからんのですよ。犯人はサウンドウィンドを脅迫してはいないんですよね」

山中は織田の顔を見ながら訊いた。

「はい、同社では脅迫をはじめ犯人らしき者からの接触は一切ないと断言しています。脅迫内容のせいで隠しているのかもしれませんが、そうだとしたら、同社が警察に被害届を出すようなことはないと考えています。サウンドウィンドは《歌いーぬ》のIoTサーバーにうちからのアクセスを要請しているくらいですから」

織田は確信しているといった顔つきで答えた。

「動機が見えてこないんだよなぁ。犯人にとってのメリットがあるはずなんだが……単なるイタズラなのかなぁ」

首をひねって山中は言った。

「なんとか犯人の目処《めど》がつけばいいんだが」

横井が苦々しい声を出した。

「うちのチームでサウンドウィンドのサーバーから不正プログラムを発見しました。いま解析しているところです。幸いにもウイルスやワームのように自己を複製し拡散させる性質を持たないタイプのマルウェアです。この点、前回のスミス事件と同じような性質ですので、当該サーバーだけを標的にしたものと考えられます。また、類似性を持ったマルウェアについてはいまのところ報告が上がっていません」

五島が渋い顔で答えた。

部屋のなかに沈鬱《ちんうつ》な雰囲気が漂った。

しばらくして織田の机上に置かれた固定電話が鳴った。内線呼び出しのアラームが響いている。

「はい、織田。そうですか、わかりました。いま見てみます」

いくらかこわばった表情で織田は手もとのマウスを操作した。

五島の前に置かれたPCの画面にも変化が現れた。

何行かのテキストが表示された。

「これは……」

うめくような声を五島が漏らした。

同時に覗《のぞ》き込んだ夏希も息を呑《の》んだ。

横井と山中はソファのこちら側に歩み寄って夏希の背後に立った。

ディスプレイには《歌いーぬ》事件の犯人と思われる者からのメッセージが表示されていたのだ。

【3】

――警察庁サイバー警察局、サイバー特捜隊の皆さん、おはようございます。はじめまして。アルマロスと申します。

今朝は特別に《歌いーぬ》で『凍てつく道』を披露させていただきましたが、いかがでしたでしょうか？　サウンドウィンド社のサーバーにクラッキングして、あの程度のイタズラをするのは、わたしにとっては朝食前の仕事なのです。

プログラムのソースを一部公開します。これがわたしの仕事である証明です。わたしの推測では、あなた方はこのソースコードを見たことがあるはずです。今朝の特別公演を企画したのがわたしであることがおわかりいただけると思います。

アルマロス

メッセージに続けて英数字の文字列が連なっている。もちろん夏希にはわけがわからない。

「ちょっと失礼」

五島はPCの画面にもうひとつのウィンドウを開いた。こちらにも同じような文字列が表示されている。

真剣な目で五島はふたつの画面を見比べている。

「間違いありません。送りつけられたソースコードは、僕たちがサウンドウィンドのサーバーから取得したものの一部分と同一です。このソースコードは僕たちと同社のシステム管理者以外では犯人しか知り得ない情報です。アルマロスを名乗っている人物が今回の事件の犯人である可能性はほぼ確実です」

ディスプレイから顔を上げた五島は興奮気味の声を出した。

「五分ほど前に犯人は警察庁に対してこのメッセージを送りつけてきました。五島くんの言うように犯人からのメッセージと考えるしかないでしょう。サウンドウィンドのシステム管理者がこんなメッセージを送るはずはありません」

織田は静かな声で言った。

「たしかにシステム管理者の氏名は会社に訊《き》けばすぐわかりますからね」

ディスプレイに目を落としたままで五島はうなずいた。

「このメッセージは長官官房総務課広報室が管轄する警察庁ウェブサイトの『御意見箱』のフォームに投稿されたものです。五島くん、発信元の特定を開始して下さい」

織田の指示に五島は難しい表情を浮かべた。

「そうですか……あのフォームは当然ながら、投稿元のドメインやIPアドレスを収集しています。また、その事実をサイト内で明示しています。犯人はさまざまな偽装工作を行って簡単には真実の発信元にたどり着けない工夫をしているはずです。発信元の秘匿に関して相当に自信があるものとしか思えません。もちろん、発信元を追いかけますが、あまり期待できないというのが正直なところです」

「僕もそうではないかとは考えています。ですが、念のための努力をお願いします」

「承知しました」

かるくうなずいた五島は立ち上がると、壁の固定電話の受話器を取って部下に短い指示を出した。

「しかし、犯人は脅迫めいたことをなにも言っていないなぁ。いったいなんの目的でこんなもんを警察庁《うち》に送りつけてきたんだ」

山中はあごに手をやって画面を覗き込んでいる。

「次のメッセージを送ってくるためではないでしょうか」

あえてやわらかい調子で夏希は言った。

「また送ってきますか」

席に戻った五島は夏希の顔を見て訊いた。

「このメッセージはあくまでも自分が犯人であることを警察に認めさせたいがためのものですよね」

「ええ、アルマロス自身がマルウェアのソースコードを開示して同一性の証明を行っているわけですから」

「それほどしてまで自分が犯人であることを証明したいのは、犯人として今後メッセージを送りたいからと考えるのがいちばん自然ですよね」

夏希は確信していた。

「真田さんの言うとおりだろうな。アルマロスとやらは必ず次のメッセージを送ってくる」

横井は厳しい顔つきで賛同した。

「犯人像の特定、動機解明につながるようなメッセージがくればいいんだがな」

山中は低くうなった。

「どうですか、真田さん。このメッセージから受ける犯人の印象はなにかありませんか」

織田が夏希の目を見て尋ねた。

ほかのメンバーがいっせいに夏希の顔を見た。

「これだけのメッセージから犯人像を絞り込むことは困難です。ただ、いくつか気づいたことがあります」

「ぜひ、話して下さい」

織田は身を乗り出した。

「まず、この文体からわたしは異様な印象を受けました。非常に丁重な言葉遣いですし、一見特徴がなさそうなのですが、こころが感じられないのです」

「こころが感じられないと言いますと？」

「生身の人間が書いていない気がします。文体から生々しい感情が見えない。翻訳ソフトなどを用いた感じを受けます」

「とするとアルマロスは外国人なのでしょうか？」

織田は驚きの声を発した。

横井と山中も顔を見合わせている。

「たしかに先生のおっしゃるとおり、どこか不自然な日本語ですな。たとえば俺なら『朝食前の仕事』なんて言わないですよ。『朝飯前』でしょう。やっぱりこの野郎は外国人なんじゃないんですかねぇ」

山中の言葉を真っ向から否定するだけの根拠はなかったが、夏希は別の考えを持っていた。

「翻訳ソフトらしさを残すために、わざと『朝食前』としたのかもしれません」

「そいつは狡猾《こうかつ》だね」

感心したような声で山中は言った。

「アルマロスが外国人だとは言い切れません。なぜなら、文法はもとより語尾などにも不自然な言葉遣いが見られないからです。ネット犯罪等で外国人が日本人になりすましている場合などの事例は多いですよね。わたしのところにも時々来ますが……」

夏希の言葉に追いかぶせるように五島が口を開いた。

「フィッシングメールなどではうんざりするほど多くの事例があります。警察庁でも犯罪対策プロジェクトの一環として各都道府県と連携して対策に当たっているところです。警視庁をはじめ、いくつもの府県警がその名も『フィッシング一一〇番』窓口を設けています。フィッシング詐欺はクレジットカード会社、銀行、通販会社などを騙《かた》って料金の未納があるのでサービスを停止すると恫喝《どうかつ》するタイプが多いです。最近は国税庁を名乗って税金の督促をするものも増えています。お金を騙《だま》し取られなくても、偽サイトに誘導されて個人情報を打ち込んでしまう被害者は少なくありません。結果としてカード番号が知られたり、スマホ端末などが乗っ取られて電子マネー決済されたりするなどして高額の被害を受けることも増えています。また、闇市場でこれらの個人情報が売買されているとの情報もあります。フィッシングメールは中国からの送信が多いとされています」

五島は一瀉千里《いっしゃせんり》に説明した。

「そうしたメールは翻訳ソフトを用いているんでしょうが、不自然な日本語が見受けられますよね」

「ええ、たしかにどこか不自然な日本語が多く、注意深く読めば偽メールと気づけるものがほとんどです。たとえば文法に誤りがあったり、文の途中に中国本土でしか使わない簡体字が含まれているものもあります」

五島はちょっと口もとをゆがめた。自分ならそんな手に騙されるはずはないと思っているのだろう。

「わたしもそうしたメールを何度か読んだことがあります。そんなメールと比べてアルマロスのメッセージは巧みな日本語と言えます。ソフトなどを使って外国語から日本語に翻訳した後にあらためて日本語に堪能《たんのう》な者が修正を加えているような印象を受けます」

メッセージから受けた印象を夏希が慎重に言葉にすると、五島は何度かうなずいた。

「最初に自分がアルマロスであることを証明するためのメッセージだけを送ってきている。この点から見ても非常に慎重な人物であるとも思えます。このひとつのメッセージからの印象に過ぎないのですが、自分の感情や文体のクセなどを覆い隠そうとしてあえて翻訳ソフトを用いた日本人なのかもしれません」

夏希の言葉に織田はうなずいた。

「なるほど大いに考えられますね。外国語でメッセージを書いて日本語に翻訳して微修正をしたのかもしれない。そうだとすると外国語に堪能な人間かもしれませんね」

「それも断言はできません。日本語から外国語に翻訳しふたたび日本語に翻訳しているのかもしれません。五島さん、試しにＤｅｅｐＬあたりのソフトでこのメッセージを英訳して、グーグル翻訳かなにかの別の翻訳エンジンで日本語に戻してくれませんか」

五島はささっとＰＣを操作してから言った。

「なるほど。ほとんど変わらずにもとのメッセージに戻りましたよ。最近の翻訳エンジンは優秀ですからね。ただ、《歌いーぬ》は《歌犬》に『凍てつく道』は『凍える路《みち》』になっています。固有名詞はダメみたいですね。やはり真田さんの言うとおり最後は日本語のできる者が微修正しているようですね」

「すべては可能性に過ぎません。翻訳ソフトを使用したにせよ、とてもていねいな文章からは教育の高さを感じます。また、文章内に恫喝や威迫の色彩を感じません。もちろん実際のキャラクターはわかりませんが、このメッセージから見る限りアルマロスは冷静で理知的な人物と考えられます」

この印象は確実だと夏希は思っていた。

「年齢、性別などについてなにかわかったことはありませんか」

織田の問いかけに夏希は首を横に振るしかなかった。

「残念ながら、翻訳ソフトで文体の個性を消し去っている、いまの時点では年齢や性別を判断できるような材料はありません」

「まぁ、僕も同じ印象を受けてはいるのですが……」

織田は静かにあごを引いた。

「いずれにしても高い教育を受けた人間であり、自分の存在を覆い隠そうとする狡猾さを備えていることだけは間違いないと思います」

夏希の言葉にその場にいたすべての人間がうなずいた。

「犯人が名乗っているアルマロスとはなんのことだろうな」

横井が覚束なげに言った。

夏希も知らない言葉だった。

五島がタッチパッドを操作すると、アルマロスの解説ページが表示された。

「ちょっと検索を掛けたら出てきました。旧約聖書偽典『第一エノク書』に登場する天使の名前だそうです。この偽典は初期のキリスト教ではひろく読まれたようですね。アルマロスは堕天使となってグリゴリという一団に属したとのことです」

ディスプレイに目を向けたまま五島は説明した。

「堕天使っていうと……サタンか」

山中がぽつりとつぶやくように言った。

「サタンは代表選手であって、堕天使の長であるとする考え方が一般的ですね。堕天使は天使のなかで高慢や嫉妬《しっと》から神に反逆し天界を追放された者、自分の意思で神に背いて堕落した者などです。聖書のなかにも実にたくさんの堕天使がいます。アルマロスは魔法使いをいかに無効にするかを人間に教えたそうです」

「結局、この犯人はどういう意味でアルマロスを名乗ってるんだい?」

「さぁ、よくわかりません。堕天使アルマロスから名をとったゲームキャラのほうが有名なようですが、あまり関係ないでしょうね」

山中の顔を見て五島はあいまいな顔で答えた。

「いまはアルマロスの名前からその正体をつかむことは無理でしょう。これから次のメッセージが送られてくるとしたらなんらかの個性がつかめるかもしれないですが」

織田は眉根《まゆね》を寄せた。

「個性という意味では、今朝の一件でアルマロスが使用したマルウェアのソースコードにもユニークな側面が見られました。ちょっと見ただけでも、おそらくは相当に高度なスキルを持っているクラッカーだとわかります。ただ、ここから類似のマルウェアを見つけられていないことは先ほど述べたとおりです」

浮かない顔で五島は説明した。

「いずれにしても、アルマロスの犯行がこれで終わりとは考えられません。自分の存在を誇示して我々に認めさせている点からも次の犯行を用意していると考えるべきです」

ことさらに厳しい顔つきで織田は言った。

言葉をさえぎるかのように電話の内線呼び出し音が鳴った。

受話器をとった織田の眉間《みけん》にみるみる縦じわが寄っていく。

「わかりました。お願いします」

受話器を置くと織田は全員に向き直った。

「アルマロスが第二のメッセージを警察庁のフォームに投稿してきました」

夏希たちはいっせいに五島の目の前のディスプレイを覗《のぞ》き込んだ。


——あなた方はわたしがなにを計画しているのか、理解しようとしていることでしょう。わたしは、日本のＩｏＴデバイスを次々にクラックするつもりです。これは、インターネットに依存している日本の皆さんへの警告です。これはまだ始まりに過ぎません。楽しみにお待ちください。

アルマロス

夏希は暗い気持ちで画面から目を離した。

「クラッキングを続けるというのか」

五島は独り言のようにつぶやいた。

「ネット依存している日本人への警告だと……ふざけたことを言うな」

横井の声は怒りを帯びていた。

「そんな目的は信じられんですよ」

頭に手をやって山中は首をひねった。

「アルマロスは次にどんなIoTデバイスを狙うというのでしょう」

織田はいちだんと憂うつそうな声で言った。

「IoTデバイスといっても数限りなくありますからね。まずはパソコン、タブレット、スマホなど直接クラウドにアクセスする情報端末です。これらを除いても我々の身辺には無数のIoTデバイスが存在します。スマートスピーカーやネットワーク・プレーヤー……《歌いーぬ》はここに含まれます。建物の施錠解錠を担うスマートロックや室温を管理するエアコン、風呂《ふろ》を沸かす給湯器、照明機器、電子レンジなど家庭内にもいくらでも存在します。また、製造業を始めとする事業者も産業用ロボットなど多種多様なデバイスを使用しています。現在、中継機器を含めてIoTデバイスは細分化し低コスト化しています。こうしたローコストのデバイスでは管理システムのどこかにどうしても脆弱性《ぜいじゃく》が生じます。大手インフラでは強固なセキュリティで守られています。そのためクラッカーは取引先、下請事業者、孫請けの会社などからシステムへの侵入を図ることが多いです。ですが、ＩｏＴデバイスでは多くの場合、大手インフラなどに比べて格段にセキュリティが弱いのです。サイバー攻撃者の餌食《えじき》として実に格好の存在です」

憂慮に堪えぬといった顔で五島は言った。

「五島くんの言うとおりです。セキュリティの脆弱なＩｏＴデバイスへのクラッキングは、大手インフラを狙ったサイバー攻撃とは別の危険性を持つことを念頭に置かざるを得ません」

織田の言葉に夏希はゾッとした。

自分の部屋にはＩｏＴデバイスはそれほど置いてないと思う。しかし、世の中にはＩｏＴマンションやスマート住宅が次々に建設されている。仕事から帰ったら、勝手に玄関ドアが解錠されていたらどうだろう。泥棒に入られるかもしれない。窓が開いていたら、猫や小型犬などを室内で飼っている家ではペットが逃げ出しているおそれもある。あるいは、部屋の温度が凍えるほどに低くなっていたり冷凍庫の氷が溶けていたり照明がつきっぱなしだったり。さらには風呂の湯がサニタリー中にあふれていたら、どんなにか気味の悪いことだろう。……もっと恐ろしい事態が発生しているかもしれない。

　そのときまたも織田の電話が鳴った。

「そうですか」

　言葉少なく織田は受話器を置くと、手もとのPCを操作した。

「アルマロスは全国紙を発行する五大新聞社とNHKならびに在京テレビキー局に同じようなメッセージを送りつけました。長官官房の広報室から転送されてきました」

　五島の前のPCに新たなメッセージが表示された。


　——わたしはアルマロス。今朝の《歌いーぬ》の特別公演はわたしが開催したものです。日本の警察庁がわたしの仕業であることを証明してくれます。わたしは、続けて日本のIoTデバイスを次々にクラックするつもりです。これは、インターネットに依存している日本の皆さんへの警告です。わたしはサイバーセキュリティが脆弱な企業を選択して狙います。これはまだ始まりに過ぎません。どこの企業がセキュリティが脆弱という問題を抱えているのでしょうか。もうすぐ明らかになります。楽しみにお待ちください。

アルマロス

「ひと騒ぎ起きますね」

横井が苦り切った声で言った。

「我々に対する世間の目も厳しく……」

織田の言葉をさえぎって内線呼び出し音が鳴った。

「つないでください」

沈鬱《ちんうつ》な表情で織田は答えて受話器を構え直した。

電話の向こうから男性のがなり立てる声が漏れてくる。

「はい、こちらでも対処しております。昨日の《歌いーぬ》の異常動作はクラッキングが原因と判明致しました。また、サウンドウィンドにアルマロスが仕込んだマルウエアのソースコードと、先ほど警察庁投稿フォームに送りつけてきたコードは同一のものであることを確認致しました。犯人はアルマロスを名乗る人物で間違いありません」

電話の向こうの声はいきり立っている。

「発信元の特定に鋭意つとめます。しかしながらアルマロスのクラッカーとしての技量は高く、困難を極めています。当方でできる限りの対策を取っていきます。もちろんサウンドウィンド社のサーバーについても対応します。記者発表ですね。はい、わたしのほうで文案を作成してお送りします。しばらくお待ちください」

相手がひとしきりしゃべって電話は切れた。

「長官官房の奥平《おくだいら》参事官です。サイバー特捜隊はなにをしてるんだと怒鳴られました」

織田はちょっと笑って肩をすくめた。

警察庁長官官房には五名の参事官がいる。階級は警視長で、そのうち一名の奥平参事官が国際・サイバーセキュリティ対策調整担当となっている。いわば織田の直属の上司だ。

「奥平参事官は血圧に気をつけたほうがよさそうですね」

横井が皮肉な笑みを浮かべた。

「あはは……マスメディアからなにか問い合わせがあった時点で、釈明の記者発表をしろと言われました。とりあえずの文案を作成します」

織田は目の前のPCのキーボードを叩《たた》き始めた。

――本日午前七時五分頃、全国でサウンドウィンド社製のコミュニケーション・ロボットである《歌いーぬ》がいっせいに異常動作をみせました。警察庁ではこの事態が同社のサーバーに対するクラッキングによるものと確認致しました。また、マスメディア各社にメッセージを送付したアルマロスと名乗る人物の行為によるものであると推断しております。アルマロスの検挙ならびに今後の犯行の防止について、警察庁サイバー特捜隊の捜査員が全力を尽くしております。

警察庁長官官房

あっという間に織田は記者発表の文案を書き上げた。

「こんなもんでどうでしょう？」

織田が全員を見まわして訊《き》いた。

「けっこうだと思います。まったく問題がありません」

横井がほかの者を代表するように言った。

夏希も異論はなかった。いつもながら織田の仕事の速さには舌を巻く。

PCを操作しつつ、織田は受話器をとった。

奥平参事官を呼び出した織田はしばらく話していたが、漏れてくる声の音量が小さくなった。参事官は先ほどよりは落ち着いているようだ。

「奥平参事官のOKをもらったので広報室に送ってプレスリリースします。それからマスメディア各社からの問い合わせが来ると思いますが、すべて僕が対応します」

織田は落ち着いた顔で答えた。

現時点で、サイバー特捜隊はこれ以上、なにを為《な》すこともできない。

「犯人がアルマロスという堕天使を名乗った理由がなんとなくわかるような気がしてきました」

夏希はぽつりと言った。

「どういう理由なんですか」

織田が声に期待をにじませた。

「アルマロスは魔法使いをいかに無効にするかを人間に教えたんですよね」

五島の顔を見て夏希は訊いた。

「ええ、魔法を無効にできる護符の知識を人間に授けたとされています。アルマロスが教えたこの知識は人間に教えることが禁じられていたそうです。結果として地上には悪行がはびこることとなったとのことです」

「その魔法ってインターネットを意味している比喩《ひゆ》じゃないんでしょうか」

単なる思いつきだったが、あり得ない話ではないとも考えていた。

「なるほど……犯人はネットの魔法を無効にすると言っているんですか……」

五島はうなり声を上げた。

「そうです。アルマロスはネットの魔法に依存するわたしたちに対してその魔法を解く方法を教えてやると言っているような気がします。つまりネットをあてにしないで生きるようにしろとのメッセージを自分の名乗りに込めているのではないでしょうか」

言葉にするとあながち間違ってもいないような気がしてくる。

「現代社会でそんなことできるわけはありませんよ」

声をわななかせて五島は言った。

「できないことはスゴ腕のクラッカーであるアルマロスは百も承知でしょう」

夏希は淡々と言った。

「ふざけた野郎だ」

山中が鼻をふんっと鳴らした。

「真田さんの仮説は正しいかもしれませんね。いずれにしても、サイバー特捜隊はどうしてもアルマロスと対峙《たいじ》し、その犯行を止めなければならない。僕は皆さんの力に期待しています。一緒に頑張っていきましょう」

つよい口調で織田は言い放った。

夏希をはじめ全員が深くうなずいた。

「五島くんのチームにはサウンドウィンド社のIoTサーバーに仕込まれたマルウェ

アの除去と、ふたたびクラッキングされないための対策を頼みます」

織田はやわらかい声で指示を出した。

マルウェア除去やサーバーの保護は警察の仕事ではない。だが、再犯防止は警察の業務だ。その観点からすれば直ちに対策を施す必要がある。もし、またすぐに《歌いーぬ》が呪いの曲を歌い始めたら、世間はサイバー特捜隊に対して大きな失望と激しい非難の目を向けるに違いない。

「すでに取りかかっています。しばらくお待ちください」

五島は頼もしく請け合った。

「よろしくお願いします。ところで五島くん。アルマロスが警察庁フォームに投稿した際のメールアドレスは活《い》きているんでしょうか」

織田が訊くと五島はちょっと考えてから答えた。

「わかりません。ですが、そのアドレスも何重にも秘匿されたものだと思われます。こちらからのアクセスを望んでいるとすれば活きている可能性はあります」

「犯人が何者かを少しでもつかむためには対話しかないと思います。真田さん、アルマロスへのメッセージ送信をお願いしたいのですが」

夏希の顔を覗《のぞ》き込むようにして織田は言った。夏希の出番がやってきた。

「承知しました。相手が反応するかは別として、とにかく警察側の窓口を開く必要がありますね。五島さん、このPCでメッセージを作成していいですか」

「ええ、とりあえず、テキストエディターでメッセージを書いちゃってください。あとは僕のほうでアルマロスに送りつけます」

「わかりました」

五島はカフェテーブルのノートPCを夏希の前にずらして置いた。

夏希はPCに向かって少し考えると、キーボードを叩き始めた。


――アルマロスさん、はじめまして。わたしは日本警察のかもめ★百合《ゆり》と言います。あなたのお役に立てることがありませんか。なんでもお話しください。

かもめ★百合

いつもと同じようなメッセージだが、相手の警察に対する思惑がわからないのだから最初はこの程度の呼びかけしかできない。

「その内容で投稿してください」

「了解です。アルマロスのアドレスに送ります」

織田の言葉に従って五島はPCを操作した。

しばらく待ったが、何ごとも起こらなかった。

「やはりアルマロスのアドレスは活きてないのかな」

横井は五島に向かって訊いた。

「メールは経由するサーバーの状態によってはかなり遅れて届く場合もあります。メールサーバーから“MAILER-DAEMON”や“Mail Delivery Subsystem”のメールが返ってこない限り不着とは判断できません」

さらに一〇分ほど待っても不着を知らせるメールは届かなかった。

「断言できませんが、メールは相手方に到着していると思います。アルマロスは返事をする意思がないのかもしれません」

五島は慎重な顔つきで言った。

「では、進展があるまで待ちましょう。五島くんはアルマロスの発信元の特定を継続してください。ほかの皆さんは通常の業務に戻ってください。僕は警察庁本庁舎の回線を使ってマスメディアの取材に答える仕事をしています。なにか進展がありましたらすぐに連絡します」

織田は静かな声で指示した。

夏希たちは織田のブースから離れた。

自分のブースへ戻った夏希は、ふたたびランサムウェア実態調査データに取り組んだ。

だが、アルマロスからの返事が気になって、どうも集中できなかった。

午後に入ってもアルマロスからの新たなメッセージもメールへの返事もなかった。

犯人に対する夏希からの呼びかけに反応がないことは悔しかった。

また、予告していた次のクラッキングについての織田からの報告もなかった。

昼時を過ぎても、なんとなく食欲がなかった。外へ食べに行っている間にアルマロスからの返事があったらと思うと落ち着かなかった。

夏希はリフレッシュルームとなっている7号室に足を運んだ。

一〇畳程度の部屋で、壁は淡いアイボリーの珪藻土《けいそうど》で覆われ床にはベージュのカーペットが敷き詰められている。壁よりもいくらか濃いめのソファが並べられていて落ち着いた雰囲気だ。

明るい色調の抽象画が飾られ、フィカス・ベンガレンシスやエバーフレッシュなどの観葉植物が配置されている。窓からはビル群の向こうに浜離宮恩賜《はまりきゅうおんし》庭園の緑も望めた。

室内には人影はなく、ごく小さい音量でニューエイジ系のBGMが流れていた。

夏希は入口近くの自販機でドリップコーヒーを買ってソファに座った。

コーヒーにはやはり疲れを癒《い》やす効果があると思いつつ、半分くらいまで飲んだ。

ふと気づくと、部屋の入口に女性の姿が見えた。

「真田さん」

かるく手を振って明るく声を掛けてきたのは妻木《つまき》麻美《あさみ》だった。

黒いカットソーとストレートパンツ。その上にベージュ系のジャケットを羽織っている。

「妻木さん、お疲れさま」

夏希も笑顔で答えた。

「真田さんのお顔を見ると、なんだか申し訳なくって……お世話になりました」

麻美は深々と頭を下げた。

エージェント・スミスの事件で、自分の義兄と甥《おい》が迷惑を掛けたことを詫《わ》びているのだ。

「もういいよ、顔見るたびに頭下げなくても。それより直人《なおと》くんは元気？」

不幸なひとりの子どもの顔が夏希の胸に浮かんだ。

小学校六年生の直人は天才的な頭脳を持つ少年だ。しかし、交通事故のために下半身に麻痺《まひ》が残り車椅子でなければ移動することができない。父が収監されてしまい、麻美が面倒を見なくてはならなくなった。

「元気です。先々週の金曜日から藤沢《ふじさわ》市内にあるキリスト教系の児童養護施設に入所することができました。施設を探すのに横井副隊長がいろいろと面倒見てくれたんです。もう感謝しかないです」

麻美はちょっと目を潤ませた。

「横井さんいい人だもんね」

夏希の言葉に麻美は深くうなずいた。

「その施設は大学病院とも連携が取れていて安心なんです。施設の近くには公立の養護学校もあって先週の月曜から学校にも通い始めました。そこで同じような障碍《しょうがい》を持つ六年生の男の子の友だちができたみたいなんです」

「よかったね！」

受け入れ先の施設が見つかって、学校にも通い、さらに友だちもできたと聞いて夏希はホッとした。

「わたしは土日しかつきあってあげられないけど、あの子、人なつこいところあるから……施設でもなんとかやっていけるんじゃないかって」

麻美は口もとに笑みを浮かべた。

夏希も直人の明るさと人なつこさは感じていた。

「きっとうまくいくよ。あなたがそばについているんだし」

本音で夏希は励ました。

「はい、なんとかやっていきます。わたしにできる限りのことはします」

麻美は力づよく答えた。

この若さで直人の面倒を見続けることは、麻美にとって大きな負担となるはずだ。

あらためて夏希のこころは痛んだ。

「ところで朝から大変だったでしょ。アルマロスの特定とか、ソースコードの解析とか、マルウェアの除去とか……五島チームは大忙しだったんじゃないの？」

夏希は自分のこころの揺れを鎮めるように話題を変えた。

「みんなで懸命に追いかけていますが、いまのところアルマロスの特定につながりそうな事実はなにひとつつかめていません。でも、マルウェアの除去とサウンドウィンドのIoTサーバーのセキュリティ対策はほぼ完了しています」

麻美は胸を張った。

五島チームのメンバーは誰しも優秀なITエンジニアなのだ。

「えーと、五島チーフから伺ったんですが、真田さんはアルマロスが投稿してきたメッセージは翻訳ソフトを使っているとお考えだそうですね」

目を輝かせて麻美は訊《き》いた。

「うん、たぶんそうだと思う」

「返事来るといいですね。対話に持ち込めれば、翻訳ソフトを介さないでメッセージ送ってくるかもしれませんからね」

「犯人との対話はわたしが頑張らなきゃならないところだけど、今回は返事が来ないんで仕事にならないんだ」

「きっときますよ。わざわざ最初に警察庁のフォームでわたしたちに連絡とってきたくらいですから」

麻美はやわらかく笑った。

アルマロスからの返答がないので、五島は夏希が書いたメッセージをすでに三度送信し直している。

「待ってるんだけどね」

「さすがね」

夏希は嘆くように答えた。

にこっと笑うと麻美はスポーツドリンクを買って部屋から出ていった。

コーヒーを飲み終えた夏希は自席に戻って実態調査データの続きを読み始めた。

夏希はアルマロスからの返事が来て、呼び出されるのを待っていた。

だが、何ごとも起きぬまま、夏希は定刻で汐留庁舎から退勤した。

【4】

ブルーラインの乗換駅の戸塚《とつか》まで行かずに夏希はいったん横浜で下車した。

汐留に異動する前は横浜乗り換えだった。夏希は戸塚駅よりも横浜駅の周辺になじみがある。

お昼を抜いていたので、駅前の地下街であるジョイナスで夕食を取ることにした。

アルマロスからの反応が気がかりだった。なにかあったら、横浜駅からであれば三〇分ほどで汐留庁舎に戻れる。そんな気持ちもあった。

ジョイナスのストリートをぶらぶらして、前から気になっていたある洋食店に入った。

まだ、六時前だったので、板壁が感じのよい店内で夏希はなんとか席を見つけることができた。

日比谷《ひびや》に本店のある一世紀以上の歴史を持つレストランの支店だが、メニューはけっこうリーズナブルだ。

夏希はオムライスプレートを頼んだ。ふわふわだがやわらか過ぎない卵のオムライスは、よく煮込んだトマトソースと相性がいい。中身のチキンライスも酸味がきいていて夏希好みだった。付け合わせのニンジンのグラッセが絶品だった。ポテトやブロッコリーなどと一緒に美味《おい》しく頂いた。

食事を終えた夏希は買い物を済ませてふたたび車中の人となった。着信に気を遣っていたが、汐留庁舎からの連絡はなかった。

帰宅した夏希はすぐにリビングに直行した。

朝、放り出した《歌いーぬ》が四つ足を天井に向けて横たわっている。

夏希は《歌いーぬ》を両手で抱き上げて鼻先を自分の顔の前に持って来た。

声と同じようにとぼけた顔が目の前に迫った。

「ごめんね、キミのせいじゃなかったんだよね」

ちいさな声で夏希は詫びた。

腹の電源スイッチを入れる。

迷いはなかった。

もう一度『凍《い》てつく道』を歌い出しても、原因がわかっているのだからどうということはない。

仮にどんな異常動作をしても、すべてはアルマロスの仕業なのだ。

夏希はリビングのサイドボードの上に《歌いーぬ》を置いた。

「ねぇ《歌いーぬ》、かるいボサノヴァのヴォーカルお願い」

念のためテストをしてみる。

「わかったワン」

とぼけた声が聞こえると『デサフィナード』のギターのイントロが響き始めた。

「ありがとう止めて」

すぐに曲は止まった。

異常な動作はないようだ。とりあえず夏希は安心した。

今日はいろいろとあったが、精神的にはそれほどヘビーなことはなかった。

アルマロスからの返事がないことは引っかかっていたが、逆に言えばこれからの家でのオフタイムをのんびり過ごせる。

夏希はいつものようにバスタイムでくつろぐことにした。

今夜は《テルメディサルソマッジョーレ》の《エモリエントバスソルト》を選ぶことにした。

イタリア北部にあってローマ帝国時代から名高いスパリゾートの温泉をていねいにろ過したバスソルトだ。

透明なボトルに入っているのはすごく細かい粉雪のような白い粉だ。少量を指ですくってかるくこするとふわっと溶けて消えてしまう。

バスタブに適量を注ぐとあっという間に湯のなかにひろがって溶けてゆく。

身体を湯に浸して気づいた。ごくわずかだが、発泡性がある。

無香性だが、このまろやかさはクセになりそうだ。

すっかり温まって身体がほぐれた夏希は、ガウンを着てリビングのソファに座った。

今夜は赤ワインの《チウ・チウ ピチェーノ オーガニック》を選んだ。西はアペニン山脈、東はアドリア海に面したイタリア中部のマルケ州産のワインである。正直言ってコストパフォーマンスがよすぎる。

タンニンは弱めなので渋みは少なく、いささかかるい味わいだがフレッシュで華やかなアロマが楽しい。すんなりのどを通ってゆくワインなので、ついつい飲み過ぎてしまう。

BGMにイリアーヌ・イリアスの『ボサノヴァストーリーズ』を選んだ。彼女はブラジル出身のジャズ・ピアニスト、ヴォーカリストで、アメリカ合衆国で活動している。たしかな歌唱力のボサノヴァ・スタンダードを楽しんでいるうちにすっかり酔っ払ってしまった。

なんだか急に意味もなく自分が幸せでたまらないような気分になってきた。

こんな能天気な夜があってもいい。

夏希はひとりではしゃいでいた。

誰かが見ていたら気味が悪かったかもしれない。

飲み足りない気持ちになって、夏希はとっておきのシェリーを取り出してきた。

《ボデガス トラディシオン》のクリームである。

食事のときなどには辛口のフィノを好んでいる夏希だ。だが、お休み前には極甘口のペドロ・ヒメネスと熟成した辛口のオロロソをブレンドした甘口のシェリーも悪くはない。ちなみにフィノ、オロロソ、ペドロ・ヒメネスはそれぞれに醸造法も異なる。

クリームは辛口と極甘口をブレンドした甘口のシェリーを指す。

はじめは栓を開けても酸化しないことからシェリー好きとなった夏希だが、最近はシェリーの複雑な味が大好きになっていた。

シェリーグラスに半分ほど注いだ夏希は、ソファにゆったりと腰を下ろしてまろやかな甘みを楽しんだ。

こうしていると、ひとりで暮らしていることになんの不満も感じなくなってくる。

誰かと一緒にいると喜びは多いかもしれないが、大きな悲しみや苦しみもあるに違いない。

いまの暮らしを続けていたほうがいいのかもしれない。

なんとなく夏希はそんなことを考えていた。

ともあれ舞岡の夜は更けていった。

第二章　暴走

【1】

翌朝、汐留庁舎に出勤して自分のブースのある6号室に入ると、いきなり五島が歩み寄ってきた。

「真田さん、やられましたよ」

五島の顔は引きつっていた。

「なにがあったんですか」

夏希の声もこわばった。

「今日の未明なんですが、大手通販サイトを運営する《ラクソン》の物流倉庫で搬送ロボットが暴走して従業員がケガをしたんです」

低く沈んだ声で五島は言った。

背中に冷たいものが走った。

「ケガ人が……アルマロスの仕業なんですか」

いささかうわずった声で夏希は尋ねた。

「まだ犯行声明は届いていませんが、手口から見て間違いないと思います。すぐにミーティングを始めます。昨日と同じメンバーです」

それだけ言うと、五島はきびすを返した。

五島の背中を追いかけて織田のブースに入ると、すでに織田、横井、山中の三人が昨日と同じ場所に座っていた。今日は横井の前にもノートPCが起《た》ち上げられていた。

朝のあいさつもそこそこに夏希は五島の隣に座った。

織田は夏希に向かってかるくあごを引くと、引き締まった顔つきで口を開いた。

「第二の事件が起きてしまいました。本日午前二時頃、横浜市都筑《つづき》区にある通販大手ラクソンの横浜物流センターで三台の協働型自律搬送ロボットがとつぜん制御不能となりました。このロボットたちは倉庫内で棚からピッキングされた商品を梱包《こんぽう》ヤードまで運搬する業務を担っています。ロボットたちの動作は積載されたカメラによってリアルタイムにコントロール室のモニターに映し出される仕様となっています。このモニターを見て担当者が動作をチェックしているのです」

全員を見まわして織田はゆっくりと言葉を継いだ。

「ところが、エレベーターホールで三台のロボットがひとりの男性従業員を取り囲みました。さらにロボットは彼をコンクリート壁に押しつけようとしたのです。従業員はあわてて逃げましたが、ロボットたちは後を追いかけてきました。異常動作に気づいたコントロール室の担当者は緊急停止操作を行いましたが、ロボットたちは停止しませんでした。最終的にはほかの従業員が直接本体の電源スイッチを切ってなんとか停止させました。結局、襲われた従業員は右足を捻挫《ねんざ》しました。ほかに打撲傷なども あって全治二週間ということです……残念ながらケガ人が出てしまった。僕は悔しくてなりません」

最後の言葉を織田は歯噛《はが》みするようにして口から出した。

「わたしがラクソン広報部に電話して訊《き》いたところでは、このセンターでは七五台の同型のロボットが稼働している。すべて産業用ロボット製造メーカー大手のヨツワテックとラクソンで共同開発した《DCR1《ディーシーアールワン》》という同一機種だ。隊長の説明にあった通りのピッキングと梱包のヤード間で商品を運搬している。バッテリー駆動モーターによって稼働し、搬送スピードは秒速二メートルで最大積載量は三〇〇キログラム。3Dカメラと2Dカメラおよびレーザーによって周囲の環境をロボット自身が認識して動作している。もちろん人感センサーも搭載されていて、人間が五〇センチ以内に近づくと自動的に停止する構造となっている。さらにWMS……倉庫管理システムあるいは在庫管理システムと呼ばれるプログラムと連携していて、ピッキング時のデータによって積載した商品の行き先を自動的に選ぶようになっている。また、本製品は最新のSLAM《スラム》技術を採用していて完全に自律走行できる」

横井は冷静な口調で説明を続けた。

「SLAM技術ってなんですかね」

山中が首を傾げた。夏希ももちろん知らない言葉だった。

「"Simultaneous Localization and Mapping"の略称で、自己位置推定と環境地図作成を同時に行う技術です。自己位置推定はロボットが自分がどの位置にいてどちらの方向を向いているかを認識することを言います。また、環境地図作成とは自分の周囲の環境を把握して次々にマップを作成する技術です。このふたつの能力がないとロボットは自律走行できないわけです」

たしかに五島の言うとおりだ。

「なるほどねぇ」

山中は感心したようにうなずいた。

「この技術により、倉庫内の平面移動は完全自動式でロボットたちは自ら必要な場所へと移動する。さらに自分でエレベーターに乗って複数のフロアを行き来して商品を必要な場所に届ける仕事をしている。これが《DCR1》だ」

横井が自分のPCを操作すると、五島や織田のPCにも画像が表示された。

もちろん《DCR1》はヒューマノイドではない。ぱっと見には白く塗装された運搬カートだ。車輪の付いた台から幅一〇センチ程度の支柱が延び、上部前面にコントロールパネルとタブレットのようなものが備え付けられているといった形状だった。

「WMSと連携している上にコントロール室からの遠隔操作もできるわけですから、当然ながらWi‐Fiにつながっているんですよね？」

画像を眺めながら五島が訊いた。

「もちろんだ。《DCR1》は外部との通信にはWi‐Fiを使っている」

横井の言葉に五島はうなずいた。

「まぁ、本件で犯人は倉庫内のWi‐Fiに侵入したわけではないでしょうけどね。間違いなくコントロールプログラムを置いたIoTサーバーへのクラッキングだと思います。犯人はコントロールプログラムに侵入して管理者権限を奪い、セーフティーシステムを無効にしたんですよ。その上でターゲットとなる人物を三台の搭載カメラで見ながら壁際へ追い詰めたというわけです。被害者が軽傷で済んでまだしもよかったですよ。積載商品が崩れて下敷きにでもなったら大惨事になっていたでしょう」

五島はぶるっと身を震わせた。

「未明の事故について神奈川県警都筑署刑事課は傷害事件とみて本件の捜査を開始している。もっとも傷害事件の捜査と言っても、クラッキングによるサイバー犯となると所轄では手も足も出まい。実質的には神奈川県警のサイバーセキュリティ対策本部と我々サイバー特捜隊で捜査する以外にはない。また、すでに全国的に報道され、警察庁にもマスメディアから問い合わせが入っている。さらに、SNSでもかなりの話題となっているようだ」

横井は渋い顔で言った。

「僕がちょっと閲覧したところでは、ツィンクルだけでも本件に関するかなりの数の投稿が見られます。その六割は犯人を非難したり、こうしたデバイスに対するクラッキングへの不安を訴えるような内容です。でも、残り四割はラクソンやヨッワテックを非難する内容です。ことにラクソンについては、退職した従業員などを名乗る者からその労働環境の劣悪さや社内サイバーセキュリティの甘さを指摘する投稿が後を絶たないようです」

五島は眉《まゆ》をひそめた。

こうした場合に被害者が非難されるケースは珍しくない。

「ラクソンから都筑署に対して被害届が提出されています。また、神奈川県警とは連携をとることで話が進んでいます」

織田の言葉に横井が念を押した。

「今回もラクソンは脅迫は受けていないのですね」

「ええ、ラクソン側は犯人と思《おぼ》しき者からの接触はないと言っています」

はっきりと織田は首を横に振った。

「もし僕がアルマロスなら『貴社のIoTサーバーにマルウェアを仕込んだ。ほかの物流センターで被害を受けたくなかったら一〇〇万ドル相当の仮想通貨を次の口座に振り込め。異常動作をするのは《DCR1》だけではない』なんて脅迫をしますよ」

五島は声色を使ってそんなことを述べた。

「さらに、同社からIoTサーバーへのアクセスと解析の要請も出ています。五島くん、マルウェアの除去とサーバーの保護を頼みます」

織田は手際よく下命した。

「承知しました。すぐに取りかかります」

歯切れよく答えた五島は、今日も壁の電話から部下たちに指示を出した。

だが、不安は残る。ラクソンは国内に複数の物流センターを保有している。それらIoTサーバーのすべてを保護することは困難なはずだ。

「しかし、どうも動機がわからんな。前回とは違って傷害行為に及んだわけだが、本気で被害者をケガさせようとしていたとは思えん。五島くんの言うようにアルマロスがコントロール権限を奪ったのだとすれば、もっと凶悪な犯罪を実行してもおかしくはないんだがな」

山中があごに手をやって言った。

「動機はラクソンや共同開発メーカーのヨツワテックの信用を毀損《きそん》することではないのかな。昨日のサウンドウィンドの事件と同じ視点で考えられる」

考え深げに横井は答えた。

「それはわかりますがね。三つの企業の信用を毀損して、アルマロスとやらになんの得があると言うんでしょう」

首を傾げて山中は言った。

「昨日のメッセージでアルマロスは『インターネットに依存している日本の皆さんへの警告です』と言っていますが」

五島の言葉に山中は顔をしかめた。

「信用できないんだよなぁ。その言葉を信じればアルマロスは一種の確信犯ということになる。だが、俺には信じられんのだよ」

「山中さんは隠された動機があると言うんですね」

五島は山中の顔を見て訊いた。

「よくわからんがね。たいていの故意犯は怨恨《えんこん》か利得が動機だよ。政治的・道義的・思想的・宗教的な確信に基づく犯罪というのは我が国ではきわめて少ないんだ」

納得できていないと山中の顔に書いてあった。

「では、自分のサイバー攻撃の能力を誇りたい愉快犯という可能性はどうでしょうか？」

五島は新たな可能性を示唆した。

「愉快犯だとしたら、ケガ人まで出そうとするかな……」

ふたたび山中は首をひねった。

「昨日の《歌いーぬ》の一件と違って、人間を直接襲ったことは注目すべきだと思います。動機はわかりませんが、アルマロスが自分の危険性を誇示しているとも考えられますね」

夏希の言葉に山中は反論せずにちいさくうなずいた。

「日本企業のセキュリティの脆弱《ぜいじゃく》さを指摘してその信用を毀損しようとする外国勢力の犯行という可能性もあるかな……そうなると公安事案となってくるが」

横井は鼻から息を吐いた。

「それはどうでしょう。サウンドウィンドとヨツワテックは日本企業ですが、ラクソンの本社はパリにあります。そもそもラクソンはフランス語でアクセントの意味です。日本法人の《ラクソン・ジャパン》は千代田《ちよだ》区に存在する上場企業ですが、もし横井さんの言うような目的ならわざわざ外資系企業を狙ったりしないのではないでしょうか」

織田の言葉には説得力があった。

「そうですね、もともとトランジスタラジオメーカーとして昭和二〇年代に大阪で起業し、大きな成長を遂げて日本有数のITメーカーとなったヨツワテックとは色合いが異なりますね。外国勢力による公安事案だとしたら、同じ上場企業と言っても、外資の日本法人をあえて狙う意味はないですね。たとえば旧財閥系の企業を狙うとか……

…アルマロスの目的はほかにあるのでしょう。しかし、少しも見えてきませんね」

横井は自分の考えを引っ込めた。

「今日も奥平参事官からのお電話があるのではないでしょうか」

五島が不安そうに訊いた。

「参事官にはミーティング前に電話しました。ご機嫌斜めですが、昨日ほどではないようです。もっとも、アルマロスからの犯行声明がマスメディアに届けば、また怒鳴られるでしょうね」

織田は涼しい顔で答えた。

サイバー特捜隊長となってからの織田は、以前と雰囲気が違うと夏希は思った。

強気になったというか、以前ほど自分を守ろうとしなくなったというか……。

そんなふてぶてしさが夏希には好もしく思えた。

織田はたくさんの部下を率いる立場となって明らかに変わった。

たくさんの部下への責任感が、織田を頼もしい男に変えたように思えた。

「アルマロスは昨日と同じような犯行声明を必ずマスメディアに送ると思いますが」

横井が懸念を表情に出した。

「僕もそう思います。なので、記者発表の素案は考えてあります。アルマロスの声明が出たら微修正して奥平参事官に送る予定です。とりあえず、いまはアルマロスからのメッセージを待つしかありません。いったんミーティングはお開きとしましょう」

織田の言葉で夏希たちは自席に戻った。

五島は3号室で部下たちとラクソンサーバーへのアクセス作業に入った。

仕事の合間に夏希は今回の事件を最初から振り返って考えてみた。

だが、いまのところアルマロスの目的をはじめ、すべてが雲をつかむような話だった。

いくら考えても、夏希にもアルマロスの目的はわからなかった。

一時間半ほどして山中が夏希のブースに顔を出した。

「先生、非常招集ですよ」

言葉の内容とちぐはぐな、のんきにも聞こえるような声で山中は言った。

この刑事出身の捜査のプロは、警部なのに夏希に対していつもていねいな言葉遣いで話しかけてくる。

振り返った夏希はイスから身を乗り出した。

「アルマロスから新しいメッセージが来ましたか」

知らず声がこわばった。

「ええ、警察庁《ちょう》と各マスメディアに同時にメッセージを送ってきました。とにかく先生にも見てもらわなきゃね」

相変わらずのんびりとした口調で山中は答えた。

「山中さん、その先生っていうのやめてくださいよ」

臨床医だった頃はともかく、現在は夏希も警察官のひとりなのだ。

「いや、あたしゃ真田さんからいろいろと勉強させてもらってるんだ。だから、あなたはあたしにとっては先生ですよ」

笑みを浮かべつつも山中はまじめな声で言った。

山中のあとに続いて夏希は織田のブースに入った。

誰もがカフェテーブルにあるPCを覗《のぞ》き込んでいる。

夏希は五島の隣に座るとさっそくディスプレイに視線を移した。

「やはりアルマロスの仕業だったのですね……」

夏希はうめくような声を漏らした。

――サイバー警察局、サイバー特捜隊の皆さん、おはようございます。夜中にラクソン横浜物流センターで開催されたDCR1ダンスパーティーはお楽しみ頂けまししたか？　一緒に踊れず転んでしまった男性はダンスの練習をしてみてはいかがでしょうか？　また、ラクソンやヨツワテックのサイバーセキュリティは、サウンドウィンドと並んで穴だらけですね。これらの企業はまったく信用できません。さて、わたしが日本中のさまざまなジャンルのＩｏＴサーバーに容易に侵入できることがおわかり頂けたことと思います。次はどんなイベントを開催するか楽しみにお待ちください。念のため、ソースコードの一部を左に掲載しておきます。

アルマロス

前回と同じように、このメッセージに続けて英数字の文字列が並んでいた。

五島はソースコードを真剣な目で見比べている。

「間違いありません。うちのほうで解析中のコードと同一です。未明のラクソン事件の犯人もアルマロスと断定できます」

ＰＣから目を離して五島は言葉を継いだ。

「少なくとも、アルマロスが《ＤＣＲ１》のコントロールプログラムを掌握して、搭載されているカメラで被害者をしっかり捕捉《ほそく》していたことがわかります。逆に言えば軽傷で済むようにロボットたちを制御していたとも言えますね」

五島の言葉どおりだろうが、その光景を想像すると別種の恐怖が湧いてくる。

悪意あるものが遠隔地から安全に動いている産業用ロボットを対人攻撃兵器として用いているということなのだ。

「しかし、人をケガさせといてなんて言い草だよ」

山中は苦り切った声を出した。

「規範的障害が感じられないという意味では、確信犯と同一線上で捉《とら》えることもできるな」

横井は考え深げに言った。

規範的障害とは犯罪の実行を躊躇《ちゅうちょ》させる意識を指す。

「犯行のたびにわざわざ警察庁《ちょう》にふざけた文面を送りつけてくるところも気に入らないね。いったいどういうつもりだよ。俺たちをおちょくってんのか」

山中は怒りもあらわに言った。

「マルウェアのコードを送り続けていることから考えると、アルマロスが我々にメッセージをよこしてくる意図は明らかですね。昨日のマスメディアに向けたメッセージでも言っていたように、アルマロスは我々警察庁にメッセージを送る自分が犯人であることを証明させたいのです。なりすましではないと認証させたいのです」

織田の言葉は夏希が考えていることと同じだった。

「その点は疑いありませんね」

横井も異論はないようだ。

「なんだか僕のチームが利用されているみたいで気分が悪いですね」

五島は不愉快そうに口を尖《とが》らせた。

「そうふて腐れるなよ。五島チームはしっかり仕事してんだ。胸を張っていいんだ」

山中は陽気な声で五島の肩をポンと叩《たた》いた。

「ええ……わかってますけど」

少し恥ずかしそうに五島はうつむいた。

「続けてマスメディアに向けたメッセージを見てみましょう」

織田がPCを操作すると画面が切り替わった。

――わたしはアルマロス。日本国民の皆さん、おはようございます。ラクソン横浜物流センターで深夜二時に開催したロボットダンスショーはお楽しみ頂けましたか？一緒に踊れず転んでしまった男性はダンスの練習をしてみてはいかがでしょうか？ラクソンやヨツワテックのサイバーセキュリティは、サウンドウィンドと並んで穴だらけですね。これらの企業はまったく信用できません。さて、わたしが日本中のさまざまなジャンルのＩｏＴサーバーに容易に侵入できることがおわかり頂けたことと思います。このことは日本一優秀なサイバー警察官たちがそろっている警察庁サイバー特捜隊の方々が証明してくれることでしょう。次回のイベントもどうぞお楽しみに。あなたの街、あなたの家にお伺いするかもしれませんよ。

アルマロス

「警察庁あてとほぼ同じ内容のメッセージですが、我々がアルマロスの能力を証明するだろうという趣旨の内容が追加されています。また、ソースコードの件についてはは触れていません」

織田は事実だけを述べて感想を語らなかった。

「ラクソン事件の犯人であるとゲロしてますね。とにかくこの犯人は自分のクラッキング能力を誇示することに力を入れてます。まったくイヤな野郎だね」

口もとをゆがめて山中は吐き捨てるように言った。

「繰り返しになって恐縮だが、重要な点はラクソン、ヨツワテック、サウンドウィンドのサイバーセキュリティを穴だらけと評して、信用できないと明言していることだろう。つまり三社の信用を貶《おとし》めようとしているわけだ。昨日も言いましたが、わたしはここにアルマロスの真の目的があるんじゃないかと思ってるんですよ」

横井は自説を再度強調した。

「ですが、これらの企業を貶めてアルマロスにどんなメリットがあるのでしょうか」

織田はあごに手をやった。

「ずっと考えているのですが、いまの時点ではわからないんですよ」

横井は鼻から息を吐いた。

「それにしてもアルマロスは真田さんの呼びかけには一向に答えを返してきませんね」

五島が眉間《みけん》にしわを寄せた。

「こんなに長い時間、なんの返答もないというのはわたしにとっても初めての体験かもしれません。ですが、その理由はわかる気がします。いままで接してきた犯人はなにかしら伝えたいメッセージを持っていました。それは社会や誰かへの恨み、他者に助けてもらいたいという気持ちなどでした。あるいは警察への敵意だったり、警察を誘導するための方策だったりしたこともありました。だからこそ、わたしの呼びかけにはなんらかの反応を示してきたのです。ですが、昨日と今日警察とマスメディアに送られたメッセージの内容はソースコードに関する部分を除いてほぼ同一です。つまり、アルマロスは警察に対してとくに伝えたいメッセージを持っていないのだと思います」

昨日と今日のすべてのメッセージを読み返して夏希が抱いた感想だった。

「たしかにいまの意見は傾聴に値しますね」

織田はかるくあごを引いて言葉を継いだ。

「真田さんは今日のメッセージからどんな印象を受けましたか」

「はい、昨日と大きく変わらない印象を持っています。文体も翻訳ソフトを用いたような平板さがあって変わりません。犯人は自分の正体を覆い隠すことに意を払っています。また、ご覧の通り政治的・宗教的な色彩を感じないことも変わりません。ただ、被害者の男性を揶揄《やゆ》しているところには昨日は見られなかったブラックなユーモアセンスを感じます。この点はアルマロスのキャラクターを推察させます。少なくとも他者に対して冷酷な性質を持つことは否定できないように思います。いまのところはそのくらいです」

夏希は静かに言葉を連ねた。

「わたしも同じような感覚を受けました」

織田の言葉にほかのメンバーもうなずいた。

「それから我々警察に対しての関心のなさは変わりませんね。このまま待っていても、きっと返事はこないでしょう。皆さんのおっしゃるとおりです」

力のない声で夏希はつけ加えた。

【2】

「では、引っかけをやってみてはどうでしょうか？」

しっかりと夏希の目を見て織田は言った。

「引っかけ……どんなことをアルマロスに伝えるのでしょうか？」

夏希には織田の言葉がなにを意味するのかわからなかった。

「たとえば、こちらがアルマロスの正体をつかんだというような言葉を突きつけてみるのです。つまりカマを掛けてみたらいかがでしょう」

織田はしごくまじめな顔で続けた。

「つまり、相手を騙《だま》すのですね」

かるい驚きの声を夏希は出した。

いままでの対話で真っ向から相手を騙そうとしたことはなかったはずだ。

「端的に言えばそういうことになります」

平気な顔で織田は答えた。

「でも、相手が騙されたと気づいたら、報復的な行動に出る恐れもあるのではないでしょうか」

夏希は不安だった。

「危険なのではないですか」

五島も心配そうに言った。

「もし真田さんが言うように、アルマロスが誰かに伝えたいメッセージを持っていないとしたら、個人や社会への怨恨《えんこん》は動機から外れる可能性が高いです。政治的・宗教的な性質も見られないことから確信犯とも思えない。いまのところアルマロスは利得犯であるものとみて対応を進めてゆくほかはないように思います。山中さんが言うとおり、たいていの故意犯は怨恨か利得が動機ですからね」

織田は冷静な声で言ったが、攻勢を掛けたいという気持ちがあるのだろう。

「そうですな。現時点では利得犯と考えるのが自然かもしれませんな」

山中は即座にうなずいた。

「サウンドウィンドと、ラクソンやヨツワテックとの間には提携関係はなく、資本面での関連性もありません。こうしたつながり……たとえばグループ企業などであればそのグループに対する恨みを持った人物という線もあり得ます。しかし、そうしたつながりがみられない以上、この線は考えないほうがよさそうです。複数の関連性のあまりない企業の信用毀損《きそん》を続けていることに、なんの利益が得られるのかはわかりません。しかし、われわれには発見できていない利益が存在する可能性はあり得ます。アルマロスを利得犯と考えるのは合理的だと思います」

横井は理詰めに織田の意見に賛同した。

五島もとくに異論はないようで小さくうなずいている。

利得犯を否定するだけの理由は夏希にも見つからなかった。

「アルマロスは利得犯と考えようと思います。でも、引っかけと言ってもわたしにはなにを発信していいのかわかりません」

夏希は正直な気持ちを口にした。

「じゃあ、僕が文案を書いてみますから、真田さんが文体などを修正してください」

織田は夏希の返事を待たずにキーボードを叩《たた》き始めた。

――アルマロスさん、おはようございます。かもめ★百合です。あなたは日本人への警告を標榜していますが、本当は違いますね。サウンドウィンド、ラクソン、ヨツワテックの企業に対する信用を毀損するのが目的だとわかっています。その線からわたしたちはあなたの正体に迫りつつあります。次の犯行を思い留《とど》まってください。

かもめ★百合

「こんなのでどうでしょう?」

織田は夏希の顔を見て訊《き》いた。

夏希は息を呑《の》んだ。もちろんわかってはいるのだが、この文面が示す内容はウソだらけだ。もし企業に対する信用を毀損するのが目的でなければ、アルマロスはすぐにウソに気づく。そのときどんな手段に出てくるかは予想がつかなかった。

だが、すでに腹をくくった。

夏希だってこのまま手をこまねいていたいとは思っていない。

「少しだけ修正します」

ウソは別としても、夏希には気になるところがあった。

五島が自分のPCを夏希の目の前にすっと移動させた。

——アルマロスさん、おはようございます。かもめ★百合です。あなたは日本人への警告を標榜していますが、本当は違うと思っています。サウンドウィンド、ラクソン、ヨツワテックの各企業に対する信用を毀損するのがあなたの目的なのではないですか。その線からわたしたちはあなたが誰であるのかに迫りつつあります。どうか次の犯行を思い留まってください。犯行を続ければあなたが苦しくなるだけです。わたしはあなたの力になりたいのです。わたしたちに伝えたいことがあるのならどうかお返事をください。こころからお待ちしています。

かもめ★百合

「やわらかい表現と相手に寄り添おうとする意思の伝達……やっぱり僕には足りないところだなぁ」

織田は照れ笑いを浮かべた。

「単なる慣れです」

「ご謙遜《けんそん》、ご謙遜」

山中が明るい声で言った。

「謙遜なんかじゃありません。こうしたメッセージを何度書いたかわかりません。でも、本当にこれを送って大丈夫なんでしょうか」

　夏希の不安は消えなかった。

「真田さんは心配しないでください。この投稿に関しての責任は僕がすべて取ります」

　織田はきっぱりと言ってから五島に向き直った。

「五島くん、この内容で投稿してください」

「アルマロスのメアドが活《い》きているかはわかりませんが直ちに送信します。返信があればアラームが鳴ります」

　張りのある声で答えて、五島はPCを横から操作した。

　誰もが着信アラームを待った。

「メアドはもう活きていないのかもしれませんね」

　数分経って五島はあきらめの言葉を口にした。

　言葉が宙に残っているうちにアラームが鳴り響いた。

「きましたっ」

　五島は興奮気味の声で叫んだ。

――かもめ★百合さん、はじめまして。アルマロスです。お返事が遅くなり申し訳ございません。あなたの名声は知っています。日本の警察で一番優秀な心理学者であることも承知しております。わたしとの対話から何を引き出そうとしているのかわかりませんが、まずは認識を改めるべきでしょう。あなたが挙げた企業は、セキュリティが甘いから選ばれているだけです。それ以外には何の意味もありません。繰り返しになりますが、わたしの目的は、インターネットに依存して生活している日本人への警告を発することです。それ以外にお話しすることはないし、話す理由もありません。わたしにメールを送っても意味がないのです。わたしの正体に迫ったなどとウソをついても無駄です。神奈川県警があなたにやらせようとしていることは、時間の浪費であることを自覚してください。それでは。

アルマロス

「木で鼻をくくったような返事だな」

山中がぼそっと言った。

「カマを掛けても意味はないのか」

織田は冴《さ》えない声で言った。

「いえ、返事をよこしてきたことには大いに意味があると思います」

夏希の言葉に、ほかのメンバーたちはいっせいに顔を向けた。

「どういうことですか」

五島が急《せ》くように訊いた。

「もし、アルマロスが、わたしの送ったメールに何の関心もなかったら、返信メールなどこなかったはずです。少なくとも発信元を特定される危険性は増すわけですから」

夏希は確信していた。

「決して特定はできないものと我々を見下しているのではないですか」

五島が悔しげに言った。

「そうだとしても、無駄に危険を冒す必要はないと思います。あえてわたしのメールに対して否定的な返信をしたのは、どこかに事実に近いものが含まれていたからではないでしょうか」

慎重に言葉を選んで夏希は言った。

「あり得るね。アルマロスは返信をしないのがいちばん安全だ。あえてこんな返事を送ってきたのは動揺しているからに違いない。さっきのメールが真実を衝《つ》いているんだ」

横井は即座に賛同した。

「真田さん、とりあえず返信してください」

いくらか明るい声で織田は下命した。

「了解です」

夏希はキーボードを叩き始めた。


——アルマロスさん、お返事ありがとうございます。もし気分を害したのならごめんなさい。ですが、わたしたちはあなたの存在に近づいていると思います。わたしはあなたが言っている「日本人への警告」について知りたいのです。教えてくださいませんか。

かもめ★百合

「こんな感じでいかがですか」

夏希は織田の顔を見て訊いた。

「けっこうです。五島くん、送信を頼みます」

織田はうなずいて五島に指示を出した。

「了解です」

五島は弾んだ声を出した。

「しかし、アルマロスは、真田さんがまだ神奈川県警に所属していると思い込んでるね」

山中がおもしろそうに言った。

「そうですね、うちではなく神奈川県警のサイバー対策本部の下命で動いていると勘違いしているようですね。いまのメールは警察庁本庁舎の回線から送ったんですが、こちらの発信元のチェックはできていないようですね」

五島は明るい声で言った。

「ところで、真田さん、これからは僕に確認を取らないでいいです。もしアルマロスからメッセージが入ったら即レスしてほしいのです」

織田は言葉に力を込めた。

「相手が即レスするとは限りませんが」

きっと翻訳ソフトを使ってから送信してくるだろう。

「それでもかまいません。真田さんの即レスはアルマロスにとっては精神的に負荷が掛かることだと思います。責任は僕が取ります。五島くんも真田さんが書き上げたら、すぐに送信してください」

頼もしげに織田は言った。

「わかりました。できるだけ早くレスするようにします」

すぐにレスの文案を作ることに夏希はいささかのプレッシャーを感じたが、断ることはできなかった。

「こちらは電光石火で送りますよ」

五島はどこか嬉《うれ》しそうに答えた。

数分して着信アラームが鳴った。


——かもめ★百合さん、なぜわたしにメールを送ってくるのか理解できません。先ほども言ったように、わたしはあなたに何も言うことはありません。もし、あなたが私と連絡を取り続けることによって、こちらの発信元を探ろうとしているのならそれは無駄なことです。さらに、あなたはまたウソを言っていますね。わたしの存在に近づけるはずなどないのです。

アルマロス

夏希はできるだけ早く文案を考えた。

──わたしたちは間違いなくアルマロスさんに近づいています。あなたは次の犯行を思い留《とど》まるべきです。それにあなたはわたしの質問に答えてくれていません。あなたが言っている「日本人への警告」について知りたいのです。ぜひ教えて下さい。

かもめ★百合

かもめ★百合の名前を書いたとたん、五島が送信操作を行った。

二分ほどして着信アラームが鳴った。

──わたしの存在に近づいているというのであれば、まずわたしが日本人であるか外国人であるか答えてください。さぁ、わかりますか？

アルマロス

夏希は迷った。だが、間違ったとしても、アルマロスの怒りを買うことはないはずだ。自分の直感を信じて夏希は即座に返信した。

——あなたは日本人です。

間髪を容《い》れずに着信アラームが鳴った。

——ほう、なにを根拠に日本人だと？

夏希は内心でほくそ笑んだ。この即レスと文体は翻訳ソフトを使っていない証拠だ。文体からすると、ネイティブの日本語と思われる。

——だから、わたしたちはあなたに迫っているのですよ。アルマロスさん。

——では、このメールは、いったいどこから発信しているのでしょうか。

隣で五島が低くうなった。

今度は直感は働かなかった。だが、レスしないわけにはいかない。

——完全に絞り込めてはいませんが、首都圏。それも東京に近い場所です。

完全なヤマカンで夏希は答えを返した。

身体がこわばった。

すぐにレスが返ってきた。

——なにを根拠にそんなでたらめを言っているんですか。あなたは優秀な心理学者だと聞いていましたが、とんでもない詐欺師ですね。

しくじったのだろうか。いや……そうとは限らない。自分の居場所を指摘されてアルマロスが肯定するはずがないのだ。

——詐欺師呼ばわりは心外ですね。それにわたしは学者じゃありません。ただの警察官です。

——ただの警察官とは思えない。昨日、あなたからメールをもらったので、わたしはかもめ★百合という人物について調べました。報道の多くも集めましたし、鎌倉《かまくら》で歌った愉快な動画も見ましたよ。あなたはなかなかおもしろい方だ。だが、ウソつきですね。

――わたしはウソはついていません。

夏希はウソをつくのが苦手だ。額に汗がにじんだ。

――いや、ウソつきだ。では、尋ねますが、あなたが指摘していた企業に対する信用を毀損《きそん》するのが目的だというようなインチキはどこから出てきたんですか。

今度こそ夏希には答えられない。

「なんと答えていいのかわかりません」

夏希は織田に助けを求めた。

「詳しい捜査情報は教えられないと答えてください」

織田が早口で言った。

——申し訳ありませんが、詳しい捜査情報は教えられません。

——馬鹿馬鹿しい。ごまかすならもう少しマシなウソをつくもんですよ。

せせら笑うかのような答えが返ってきた。

——信じなくてもかまいません。わたしたちはなにも困りません。あなたは次の犯行を思い留まるべきです。わたしたちがあなたのところに伺う日も遠くはないのです。

——そんなコケおどしにビクつくと思っているんですか。あなたはもっと優秀だと思っていました。少なからず失望しました。日本一の心理捜査官と考えていたのですがね。

——買いかぶらないでください。わたしはそんなに優秀じゃありません。ただ、苦しむ人をサポートしたいという気持ちが強いのです。あなたに悩みがあるのなら、どうか話して下さい。

――悩みなどありませんよ。わたしはあなたのその偽善的で実は人を見下しているような態度が気に入らない。これからのショーを楽しみにしていてください。

――待ってください。なにをするつもりですか。

――すぐにわかりますよ。では、通信終了。

――待って。お話を続けましょう。

だが、それきり返事はこなかった。

「申し訳ありません。まずいことになりました。アルマロスはいたく機嫌を損ねたようです。次の犯行に取りかかると言っています。どうしましょう」

夏希の背中に汗がにじんでいる。

「真田さんは気にすることはありません。もとよりアルマロスは次の犯行を実行するつもりだったに違いありません。いまの言葉は真田さんを萎縮《いしゅく》させるためのものです。アルマロスの罠《わな》にはまってはなりません」

織田は言葉に力を込めた。

「本当にそうでしょうか」

夏希は不安でならなかった。

「わたしも織田隊長のご意見に賛成です。難癖をつけているのは真田さんを萎縮させてメール発信させたくないからに違いないです。つまり、真田さんはいい線を衝《つ》いていると思います」

横井は口もとにかすかに笑みを浮かべた。

「少しは安心しました」

夏希は息を吐いた。

「先生、刑事の取り調べなんてこんなもんじゃないからさ。ちょっと昔はのっけから『おまえがやったってことはすっかり調べがついてんだ』ってな調子で、被疑者を締め上げたもんですよ。いまは取り調べも原則記録するようになったから、あんまりでたらめできないけどね」

山中はちいさく笑った。

「わたし刑事の経験ないですし、被疑者の取り調べもほとんどやったことないんですよ」

夏希は肩をすぼめた。

「それにしちゃアルマロスにいい迫り方をしてましたよ。まずヤツは日本人だ。首都圏から発信している。このふたつは間違いのないところでしょう。さらに三つの企業の信用毀損が主たる動機だね。ここを衝かれたんで焦ったんだよ。やたら口数が多くなったじゃないか。取り調べを受けている被疑者ってのはね、ウソをつくと口数が多くなるんだ。つまりアルマロスは必死で首都圏から発信している日本人であることをごまかそうとしているに違いないんだ」

自信ありげに山中は言った。

「冷静に振り返ると、山中さんがおっしゃっていることはわたしも感じました。いまの対話でアルマロスはネイティブな日本語をかなり使っています。少なくとも日本で生まれ育って日本語を習得した人物であることは間違いありません。さらに年齢はわかりませんが、落ち着いた言い回しから一〇代とは考えにくいですね。なんとなく三〇代以上の人物であるような気がします。首都圏で東京に近い場所と指摘したときと、企業に対する信用毀損の話題でいちばんつよい反応を返してきました。やはりその点に動揺して次々にレスしてきたのだと思います。ですが、文体は安定しているので感情的な人物とは思えないです」

夏希はディスプレイに残った対話の記録に目を通しながら言った。

「僕はいまの対話には大いにメリットがあったと思っています。少なくとも日本人だということは確実でしょう。これから先の捜査で大いに役に立つと思います」

織田の言葉に、ほかのメンバーは思い思いにうなずいた。

「でも日本人への警告の意味を問うわたしの質問には答えませんでしたね」

まったく無視されたことは間違いない。

「そんなの最初からありゃあしないんですよ。自分の動機をごまかすために、そんなゴタクを並べてるだけなんだ」

吐き捨てるように山中は言った。

「山中さんの言うとおりかもしれませんね。問題はアルマロスがどんな犯行を考えているかです。残念ながら、いまの時点で犯行を防ぐ手段はありません。どこのどんなＩｏＴデバイスを狙うかわからないのですから……。アルマロスは日本のＩｏＴデバイスとしか言っていません。じっさいにサイバー攻撃を受けるまで手をこまねいていることしかできないのです」

織田は憂うつそうな表情で言葉を結んだ。

「すぐに次の犯行を実行するような趣旨の発言をしていますね。大きな被害が出ないといいのですが……」

五島は眉根《まゆね》を寄せると、ＰＣを操作した。

「もし実際にアルマロスが新たなＩｏＴデバイスへの攻撃を行ったら、すぐにみんなを招集します。いったん通常業務に戻ってください」

織田の言葉に夏希たちは席を立った。

結局、そのままなにも事件は起きずに、夏希たちは定刻を迎えた。

だが、夏希は帰る気にはなれずに自分のブースで業務を続けていた。

七時近くなって帰宅しようかと考えた夏希は、断りを入れに織田のブースに足を運んだ。

織田は自席でＰＣを覗《のぞ》き込んでいて、横井と山中はソファ席でなにやら話し合っていた。

夏希が織田に声を掛けようとしたそのときだった。

「やられましたよっ」

五島が息せき切って駆け込んできた。

【3】

「なにがあったんだ」

横井と山中が立ち上がって五島のまわりに歩み寄った。

「アルマロスが次の犯行を？」

織田はうめくような声で訊《き》いた。

引きつった顔でうなずいた五島は、自分のPCをカフェテーブルに置いてLANケーブルをつないだ。

ソファに座った五島は素早くタッチパッドを操作した。

織田もカフェテーブルに近寄ってきた。

「この画面を見てください」

五島は乾いた声で言った。

夏希はあわてて五島の前のPCを画面を覗き込んだ。

ディスプレイにはツィンクルの画面が映し出されている。

「こんなことって……」

夏希は息を呑《の》んで言葉を失った。

「おい、なんだこりゃ」

山中は素《す》っ頓狂《とんきょう》な声を上げた。

「その手で来たか」

横井は乾いた声を出した。

画像はどこかのレストランらしい。顔の液晶パネルにイヌのイラストを表示した配《はい》膳《ぜん》ロボットが客と思《おぼ》しき女性を追いかけている。子どもの背丈ほどの高さのロボットだ。料理の入ったトレーをいくつか積載している。

──配膳ロボットの反乱だ！　客が追いかけられている。メルファース与野《よの》店。怖い。

画像にはこんなコメントが添えられていた。

被害者の顔にはモザイクが掛かっているが、両手を挙げて前傾した女性客の姿勢から彼女が恐怖に駆られていることがありありとわかる。

「投稿時刻は五分前、六時五一分です」

五島はこわばった声で報告した。

「配膳ロボットが狙われるとは考えていませんでした」

織田は唇を嚙《か》んだ。

五島はツィンクルの検索を使っていくつかの投稿を呼び出した。

「これ話題の《イヌボット》ですよね。動画を上げている人もいます」

続けて動画が再生された。いまの女性ではなく、紺色のブレザー制服姿の男子高校生が被害者だ。

椅子の配置などから見ると別の店舗らしい。

こちらも被害者の顔はモザイクで隠されている。

男子高校生は「なんだ、なんでだっ」と叫びながら通路を画面右から左に逃げている。

彼の背後一メートルくらいの位置を先ほどの画像と同じ型の配膳ロボットが追いかけている。周囲の席では腰を浮かせている客たちの姿も映っている。動画は五秒くらいで終わった。

こちらにもコメントがついていた。

――高校生の男の子をイヌボットが追いかけている。店内騒然。店の人もぼう然。あり得なくない？　メルファース船橋《ふなばし》店なんですけど。

すぐあとに別の投稿者のリプライがついていた。

――その子さ。友だちとレジで会計していたのさ。そしたら、ある客席の前にいたイヌボットがとつぜんくるっと回転して高校生たちに向かって突進してった。みんなあちこち逃げたけど、イヌボットはなぜか動画の高校生のあとをついて回って。怖くなったらしくて、その子は店の奥に向かって走り出したんだって。

この動画投稿には見る見る「いいね！」がつき、シェアされている。拡散のスピードは恐ろしいほどだ。

「《イヌボット》は上部のモニターにイヌの顔が映し出される配膳ロボットで、四段の大きなトレーを持っていて積載量は約四〇キロだ。充電式バッテリーによるモーター駆動で最高速度は秒速一・五メートル。時速でいうと五・四キロなのでふつうに人の歩く速さだ。ＡＩ音声を搭載していて客の呼びかけにも音声で応答する。さらにモニターに映し出されるイヌのイラストは何十種類もの表情を持っていて、触覚機能とあいまって客とコミュニケーションがとれる。たとえば頭をなでてやると『ありがとワン』などと答える。こちらも《DCR1》同様のSLAM《スラム》技術を採用していて完全に自律走行できる。当然ながら人感センサーを備えていて必要以上に人間には近づかない設計だ」

さっそく検索を掛けたのだろう。横井は自分の前のPCを見ながら説明してくれた。

「どこのメーカーの製品なんですか」

山中が横井の顔を見て訊いた。

「中国製のネコ型配膳ロボットと人気を二分しているが日本製だ。中央区《ちゅうおう》に本社のあるAIベンチャーAINS《アインズ》の製品だ。採用しているチェーン系料理店はいまのところ今回の事件が起きたファミリーレストランのメルファースのほかに大手では三グループだ。小規模飲食店についてはわからんが」

横井は詳しく調べている。

「どうやら、全国にあるメルファースの複数の店舗で同じような騒ぎが起こっているようです」

五島がこわばった声で言った。

「そうですか……」

織田は暗い声で答えた。

「残念ながら、ツィンクルには《イヌボット》の暴走を伝える投稿が、次々に上がっています。すべてが店舗名を伝えているわけではありませんが、いまの埼玉県の与野店と千葉県の船橋店のほかに、長野県の伊那《いな》店、岐阜県の大垣《おおがき》店、愛知県の名古屋西《なごやにし》店など各地方で被害の投稿が見られます。西日本もけっこうあるな。兵庫県の尼崎《あまがさき》店、広島県の福山《ふくやま》店、岡山県の倉敷《くらしき》店、ああ、九州も……」

PCを操作しながら、五島はいささかうわずった声で続けた。

「こりゃあ、いままでのふたつの事件よりさらに大きな騒動になりますな」

山中が肩をすくめた。

「しかし、未明の事件のように一箇所ならともかく、それだけ多くの店舗でいっせいに人を襲うとなると、モニターを見ながらロボットをコントロールするというのは無理ですね」

織田は首を傾げた。

「想像に過ぎないのですが、アルマロスはメルファースのＩｏＴサーバーに侵入して管理者権限を乗っ取り、セーフティーシステムを無効にしたんでしょう。その上で、たとえば人感センサーが最初に検知した人間のあとをつきまとうといった誤ったコマンドを送る。そうすれば、《イヌボット》は勝手にある人物のあとを追いかけてまわるはずです」

五島は自分の考えに自信があるようだった。

「なるほど、それなら現在各地で起きているような事態も説明できますね」

納得したように織田はうなずいた。

「ああ、まずいなぁ」

五島が悲痛な声を上げた。

「どうしたんですか」

思わず身を乗り出して夏希は訊《き》いた。

「うちへの批判が噴出してます」

うわずった声で五島は言った。

「そんな……」

夏希は腹立たしかった。悪いのはサイバー特捜隊ではない。アルマロスではないか。

織田は黙ったまま、一瞬瞑目《めいもく》した。

「どういうことだ？」

横井は眉間《みけん》に深くしわを刻んで尋ねた。

「昨日の《歌いーぬ》、未明の《DCR1》、さらには今回の《イヌボット》と三件連続でIoTデバイスがクラッキングされて負傷者まで出ているのに、警察庁サイバー特捜隊はなにもしていないという趣旨の投稿が続いています」

五島は口を尖《とが》らせた。

――警察庁のサイバー特捜隊いったい何してんの？

――サイバー特捜隊って、そのためにわざわざ設置されたんじゃねぇの。仕事しろよ。

――鳴り物入りで始めたくせに、なんにもできないサイバー特捜隊って税金ドロボーだよね。

――これ例のアルマロスでしょ？　三回続けて国民に迷惑掛けるクラッキングを許してるサイバー特捜隊なんて解散するしかないでしょ。

ツィンクルはサイバー特捜隊への非難であふれかえっている。

「そんなにすぐに対応できるわけないじゃないか」

ふて腐れたように五島はそっぽを向いた。

ブースには言いようのない乾いた空気が漂った。

「七時のニュースの時間だ。テレビをつけてみよう」

横井が気分を変えるようにテレビのスイッチを入れた。

事件は速報の扱いだった。視聴者映像として先ほどの動画が映し出されている。

「このような暴走事故がなぜ起こったのかはまだはっきりしていません。SNSなどを中心に、昨日と今日未明の事件の犯人を名乗るアルマロスという人物の仕業ではないかとの憶測が飛び交っていますが、真相はわかっていません」

男性キャスターは興奮気味の声を張り上げている。

ニュースが成立する見込みの本年度補正予算案の話題に移ったので、横井はテレビを消した。

織田の机上の電話から内線呼び出し音が響いた。

受話器からどなり声が漏れてくる。

「はい、今回の事件のことはすぐにキャッチしております。まだ、メルファースからの要請もないところですので、現在は状況の把握に努めているところです。メルファースのIoTサーバーへのクラッキングと推測しております。ええ、アルマロスの犯行の可能性が高いです。いまのところ犯行声明は出ておりません。現時点ではマスメディアからの取材も来ていません。全力で対応しておりますので、しばらくお待ちください」

ふたたび受話器からの声が高くなった。

「アルマロスからの犯行声明に対応する準備と、マスメディア対応は鋭意進めて参ります。はい、承知しております。サイバー特捜隊の全力で当たります」

織田は静かに受話器を置いた。

「奥平参事官ですね」

横井が顔をしかめながら訊いた。

「参事官は頭から湯気出してますよ。一週間以内にアルマロスの正体を明らかにしろ。そうでなければおまえが責任を取れと言われました」

平らかな調子で織田は答えた。

落ち着き払っている織田はやはり頼もしい。リーダーはかくあるべきだ。

前回の事件では落ち込むことが多かった織田だが、その点をしっかり反省して行動に活《い》かしているところはさすがだ。

「一週間以内ってそんな無茶な話……」

不快そうに五島は唇を突き出した。

「責任を取れって言ったってねぇ」

山中はなかばあきれ声で言った。

「国民はサイバー特捜隊に腹を立てている。おまえたちがだらしないから警察庁が矢面に立たされるんだ、とも言ってましたね」

織田はのどの奥で笑った。

「悪いのはアルマロスじゃないですか。ＳＮＳでうちを批判してる連中もまったく筋違いですよ。僕たちはアルマロスと戦っているんですよ。そんなこと言うヤツらはまったくなに考えてんですかね」

五島は本気で腹を立てているようである。

この状態を夏希は過去にも何度か経験している。

「このケースは集団間代理報復のゆがんだ一類型だと考えることもできます」

静かな口調で夏希は言った。

実は集団間代理報復の理論がそのまま当てはまる事例ではなく、夏希としてのオリジナルな考え方であった。

「なんですかその代理報復っていうのは」

山中が食いついてきた。

「一方の集団のメンバーが他方の集団のメンバーに危害を加えたときに、それを知った被害者と同集団のメンバーが加害者と同集団のメンバーに対して報復を行う現象を指します」

ここまでは多くの社会心理学者が提示しているとおりである。

「うーん、この場合はどういうことなんですか」

首をひねりながら山中が問いを重ねた。

「今回《イヌボット》によって危害を加えたのはアルマロスですよね。被害を受けたのは追いかけられたお客さんたちです。もちろんメルファースも被害者ですが、現時点ではSNSの投稿者たちの視野にはあまり入ってません」

「それはわかります。先を続けてくださいな」

興味深げに山中は先を促した。

「被害者のお客さんたちは一般市民という集団に属しています。SNSで我々を非難している人たちも自分たちを国民、あるいは市民という集団に属していると認識しているわけです。ところで、加害者であるアルマロスは市民に災厄をもたらす存在です。実はSNSの投稿者たちはわたしたち警察も同じように市民に災厄をもたらす集団に属していると考えているのです」

「そんなバカな……」

目を剝《む》いて山中は言葉を失った。

「善良な市民の平和な生活を脅かす存在として警察を認識している人たちは、同じような意見を持っているほかの投稿者とともにSNS上で一時的にバーチャルな集団を形成します。彼らは被害を受けたお客さんに成り代わって、アルマロスと同じく自分たちを脅かす警察に報復しているのです」

夏希の言葉に山中は口を尖らせた。

「冗談じゃないよ。サイバー犯罪者とそれを取り締まるサイバー特捜隊を同視するなんて正気とは思えんですわ。それに警察が善良な市民の平和な生活を脅かす存在だなんてどういうことですか。警察はその市民の平和な生活を守る存在じゃないですか」

山中の声にははっきりと怒りが感じられた。

「ですが、一部の市民は警察を悪だと考える認知のゆがみを持っています。彼らは警察で嫌な思いを経験しています。たとえばスピード違反で取り締まりを受けた経験があるとか、警察官に居丈高な態度を取られた経験を持つ人々は決して少なくはありません」

「スピード違反の取り締まりだって必要な施策でしょう……もっとも刑事に取り調べを受けた連中は誰しも警察は悪だと考えているかもしれんなぁ」

山中は肩をすくめた。

「もう少し敷衍《ふえん》して……ひろげて考えると、国民にとっての国家、被用者にとっての大企業など権力を持つ集団が自分たちに不幸をもたらす集団と考えている人は少なくありません」

「そういうケースをすべて否定できるわけではないが、完全に誤った認識だ……」

横井は低くうなった。

「そうした人々の鬱屈《うっくつ》した感情は、警察がやり込められると嬉《うれ》しいと感ずるのです。この感情を満足させるために、彼らはわたしたちサイバー特捜隊に対して攻撃を開始します。攻撃は自分たちを脅かす存在に対する報復行為なのです。さらに言えば、投稿者たちは正義を実行しているのです」

「正義の実行ですって。八つ当たりじゃないですか」

　あきれ声で山中は言った。

「端的に言えばその通りです。ですが、投稿者たちの心理を観察すれば否定できない事実だと思います」

「うーん、理屈はわかるんだけど納得できないなぁ」

　山中はうなり声を上げて首を振った。

「さすがに真田さんはうがった見方をしますね。でも、ストンとくるところはあります。いまの日本人はさまざまな事象について批判的ですが、これも世の中が厳しくなって精神的あるいは経済的に苦しい生活をしている市民が増えているからでしょう。彼らは自分たちを苦しめている存在の代わりに、誰かを選んで報復行動をとっているのですね。今回はそこで選ばれる報復対象が僕たち警察というわけですね」

　織田は浮かない顔で言った。

「そうです。SNSにおける今回のサイバー特捜隊への非難は一般的な集団間代理報復といささか異なる、ゆがんだ集団間代理報復とでも呼んでよい行動のように思います」

　静かな口調で夏希は言葉を結んだ。

　沈んだ雰囲気がブースに漂った。

「織田隊長、うちのチームで取り組みたいことがもうひとつ出てきました」

五島が真剣な表情で切り出した。

「どうぞ言ってください」

やんわりと織田は促した。

「いままで三件のＩｏＴサーバーへのクラッキングは相当にスゴ腕のクラッカーのしわざとしか思えません。今回も国内のハッカーを洗ってみる必要があります。うちのチームで、ハッカー大会で優勝した者で現在の状況が不明な人間を洗い出してみたいのです」

語気をつよめて五島は言った。

「その点についてはわたしも同意見だ。ただ、五島くんのチームだけでは荷が重い。マルウェアの解析やサーバーの保護を優先すべきだ。ハッカーの洗い出しは、さいたま新都心本庁舎のわたしの部下たちにやらせよう」

横井の提案はもっともだった。すでに五島チームはオーバーワークのはずだ。

「わかりました。では、お願いしたいと思います」

五島は素直にうなずいた。

しばらく夏希たちはＳＮＳの《イヌボット》事件の投稿を片っ端から見ることに時

間を費やした。

内線呼び出し音が響いた。

「そうですか、こちらへ転送してください」

硬い声で答えて織田は受話器を置いた。

「マスメディア各社に対してアルマロスが犯行声明を送りつけてきました」

言葉少なに言って、織田は自分のPCを操作した。

――日本国民の皆さん、こんにちは。わたしはアルマロス。全国のメルファースで開催したショーはお楽しみいただけましたでしょうか？　メルファースのIoTサーバーは穴だらけです。また、イヌボットのセキュリティも非常に甘いです。AINS製品もセキュリティについては信用できません。またダメな会社がふたつも見つかってしまいましたね。これからも、日本の皆さんに楽しいショーをお届けしたいと思います。わたしの目的は、みなさんをネット依存から解放することです。それでは、次回のショーもお楽しみに。

アルマロス

「いままでと変わらないトーンだが、我々についていっさい触れていないな」

横井が冷静な口調で言った。

「そうですね、僕たちへのメッセージも途絶えました。アルマロスは警察との接触を避け始めたと言っていいでしょうね」

織田の声はおだやかだった。

「わたしが対話したことで、アルマロスに警戒心を持たせてしまったのではないでしょうか」

夏希は不安だった。

「いままでのサイバー攻撃が自分の犯行であるという証明は、すでにじゅうぶんに為《な》されたと判断したのでしょう。言い方はおかしいが、アルマロスは警察を必要としなくなったのです」

やわらかい声のまま、織田は続けた。

「これでわたしの対話の出番はなくなりますね」

今回の事件については夏希の役割は大きく後退する可能性がある。

「いまのところはなんとも言えませんね」

考え深げに織田は述べた。

「今回も企業に対する脅迫はないのでしょうな」

眉間《みけん》にしわを寄せて山中は言った。

「アルマロスは今回もやはり、メルファースとAINSの信用を損ねることに注力していますね。サウンドウィンド、ヨツワテック、AINSという三つのIoTデバイスメーカー。ラクソンとメルファースというふたつの運営企業。もっともサウンドウィンドは両者を兼ねていますが……いずれにしても五つの上場企業の信用を貶《おとし》めようとしている。毎回のメッセージで企業名をしつこく挙げている点からしても、これらの企業に対する信用毀損《きそん》がアルマロスの目的としか思えないのです」

横井は自説を繰り返した。

「わたしもその点には異論がないんですがね……アルマロスはなんのためにそんなことを繰り返してんだか」

山中はゆるゆると息を吐いた。

「ライバル企業から依頼を受けて、これら五社の信用を毀損しようとしているなんてのは考え過ぎですかね」

五島は覚束ない声で言った。

三人の会話を聞いていた夏希の頭のなかで、なにかがぼんやりと浮かんできた。

過去の事件で似たような局面があったような気がする。

夏希はいままで経験したさまざまな事件の記憶をたどった。

脳裏にぼんやりと石田《いしだ》三夫《みつお》の快活でちょっと生意気な顔が浮かんだ。

現在は神奈川県警捜査一課に所属する石田巡査長は夏希が警察に入った頃からの仲間だ。

そうだ、たしか石田に教わったことがある。

「あの……わたしは経済のことには暗くて、仕組みもよくわかっていないんですが……」

遠慮がちに夏希は切り出した。

「真田さん、なにか思いついたことがあるのなら、ぜひ教えてください」

織田が明るい声で促した。

「特定の企業の信用を毀損することで利益を得る方法なんですが、株式の売買はどうでしょうか」

夏希の言葉を山中が即座に否定した。

「いや、企業の信用を損ねたら株価は下がりますよ。たとえばアルマロスが被害に遭った企業の株を持ってたら大損ですわ」

「でも、アルマロスがその株が下がることをあらかじめ知っていたとしたら……」

慎重に夏希は説明を進めた。

「はぁ……」

山中はピンとこないようだったが、横井がすぐに反応を見せた。

「うーん、そうかぁ。うかつにも気づかなかったなぁ」

横井は椅子の背もたれに身体をあずけて身をそらすと大きくうなった。

「どういうことです？」

けげんな顔で山中が訊《き》いた。

「真田さんが言ってるのは株の空売りだね」

今度は横井は身を乗り出して言った。

「はい、被害企業はすべて上場しているんですよね」

「そう、五社ともプライム市場上場で株式は公開されている」

打てば響くように横井は答えた。

「もしアルマロスがこの五銘柄を空売りしてたら、大きな利益を得られますよね」

「たしかにそうだ……」

横井は真剣な顔でうなずいた。

織田は笑みを浮かべて大きくうなずいている。

「空売りってなんですかね？　わたしゃ強行犯畑なんで、そのあたりのことはちっとも知らなくてね」

山中は覚束なげに訊いた。

「僕もまったくわかりません。違法行為なんですか」

五島は目を瞬《しばた》いた。

「違法性のある行為ではない。信用売りとも呼ばれる。それどころか株式市場全体ではふつうに行われている取引だ。詳しい説明は避けるが、個人投資家が行う場合に絞って説明しよう。仮にメルファース・レストランフーズ株式会社の株が一株一〇〇〇円だとしよう。これを証券会社から買うのではなく借りるのだ。この際には委託保証金となる手元資金を証券会社に預ける必要がある。そのうえで、たとえばアルマロスが一万株借りて株式市場で一株一〇〇〇円で売る。すると、アルマロスの手もとには一〇〇〇万円が入るな」

横井の言葉に山中と五島は同時にうなずいた。

「ところが、メルファース株が一株九〇〇円に下がったとする。その時点で市場から一万株を購入する。資金は九〇〇万円で済む。アルマロスは一〇〇万円の利益を得ることができる。ふつうは株価の高下は簡単には予想できない。従って空売りしても儲かるとは限らない。だが、今回の《イヌボット》事件でメルファース株の価格は確実に下落する。メルファースの株価が下がることをあらかじめ予想できていたら、一〇〇パーセント儲けられるというわけだ」

ちょっと顔をしかめて横井は説明した。

「なーるほど」

「よくわかりました」

山中と五島は納得の声を出した。

「アルマロスはサウンドウィンド、ラクソン、メルファースのサーバーをクラッキングしてIoTデバイスを暴走させることによってメーカーも含めた各企業の信用を毀損して株価を下げて空売りにより利益を得ようとしているんだ。ちょっと待ってくれ、少なくとも昨日のサウンドウィンドの事件は株価に影響を与えているはずだ」

横井は目の前のPCを操作し始めた。

「やっぱりサウンドウィンドの株は下がっている。昨日の終値は三四〇七円、現在は二八六四円。なんと五四三円も下がっているじゃないか。五〇〇〇円未満の株式は七〇〇円下がるとストップ安だぞ。売り注文一色なんだな。まさに暴落だ。ああラクソン株もヨツワテック株も軒並み下がっている」

なかば叫ぶように横井は言った。

「真田さん、まだ断定はできませんが、あなたの筋読みは正しいようですね」

織田は満面に笑みをたたえて言った。

「はぁ……株式市場のことはよくわからないのですが、過去の事件で空売りに出会ったことがありまして」

夏希は自分の思いつきが、織田たちの賛意を得たことにいくぶん自信がなかった。

「さすがは先生だな」

山中はさも感心したように言った。

五島はしきりとうなずいている。

「わたしは真田さんの筋読みで捜査を進めるべきだと思います」

力づよく横井は言った。

「横井さん、東京証券取引所に捜査協力を仰ぐ必要がありそうですね」

織田は明るい声で言った。

「ええ、ここ数日で五銘柄について不自然な売買があれば、その投資家がアルマロスか関係者である可能性は極めて高いと思われます。ですが、捜索差押許可状が必要ですね。個人情報を開示させることになりますので」

横井の声は弾んでいた。

「すぐに令状を取りましょう。疎明資料は横井さんが書いてくれますね」

「もちろんです。わたし自身が東京地裁に行きますよ。裁判官が難しい顔をする恐れがあります。説得が必要かもしれません。是が非でも発付してもらわなくては」

力づよく横井は答えた。

捜索差押許可状や逮捕状を請求できる階級は警部以上の警察官だ。だが、多くの場合には巡査部長などが疎明資料を作成することが多い。裁判所に行くのも巡査部長がふつうだ。

警視である横井が直々に出向くのはよほどのことだ。

「頼みましたよ。明るい方向性が見えてきました」

弾んだ声で織田は言った。

本当にこの方向性で進んでよいのか、夏希には不安もあった。

しかし、アルマロスについての手がかりがほとんどなく、対話も途切れたいまとなってはなにかに賭《か》けて進むほかはない。

「隊長、わたしは疎明資料を作成して地裁に向かいます。令状が下りたら、さっそく戻って東京証券取引所に捜査協力依頼をします。山中さん、帰ったらサポートお願いできますか」

横井の言葉に山中は笑顔を浮かべた。

「もちろんですよ、腕が鳴りますね」

「お願いします」

優秀な刑事出身の山中は捜査のプロだ。ふたりで株式市場を捜査していけば、大きな進展が見込めるかもしれない。

「わたしはこの後、マスメディア対応と記者発表の準備をします」

今回も織田には気の重い仕事が待っているのだ。

「五島くん、《メルファース・レストランフーズ》かAINSから協力要請があったら、君のチームでマルウェアの除去とサーバーの保護をお願いします」

「承知しました。とりあえずチームに戻ります」

五島はキビキビした声で答えて立ち上がった。

「山中さん、警察庁に連絡して、《イヌボット》暴走による現時点での被害状況の確認をお願いします。警察庁と各都道府県警に電話で問い合わせてください」

織田の指示に山中はしっかりとあごを引いた。

「了解です。ケガ人が出てないといいんですが」

「じゃあ、わたしも自分のブースに戻ります」

山中と横井も席を立った。

三人がブースから離れるのを見ながら夏希は尋ねた。

「あの……わたしはなにをすれば……」

「真田さんは、もう一度、ここでアルマロスへの呼びかけをお願いします。ただし、いまの時点では株価操作に関する疑惑については触れないようにお願いします。今回の《イヌボット》事件のことだけに絞って、なんらかの揺さぶりを掛けてください。返信があったら対応は僕も一緒に考えます」

織田は口もとに笑みを浮かべて言った。

株の空売りについて触れるなという指示は、こちらの手の内を見せるなという意味だろう。織田が株価操作の件を本気で考えている証《あかし》でもあった。

「返信はなさそうですね」

「すぐにはないかもしれません。ですが、この後の横井さんたちの捜査いかんではさまざまな問いかけができる可能性もあります。とりあえず、呼びかけを続けてください」

とは言え、横井たちの捜査が進むのには時間が掛かるだろう。それまでは問いかけもむなしいものだと考えられる。だが、前に進まなければならない。

「了解しました」

夏希は目の前のPCに向かった。

――アルマロスさん、かもめ★百合です。全国のメルファースで新しい事件が起きましたね。あなたはまた人を苦しめました。こちらも次の一手を考えています。もう終わりにしましょう。あなたのお役に立てるのであれば嬉《うれ》しいです。どうかお返事を下さい。

かもめ★百合

横井たちの捜査が進展中である現在、アルマロスをあまり責め立てて、新たな犯行に手を染められても困る。どうしても消極的なメッセージしか出てこない。

「織田さん、これでいいでしょうか」

PCに向かって難しい顔をしている織田に確認してもらった。

「そのくらいに留《とど》めておきましょう。五島くんに送って下さい」

織田の指示に従って庁舎内メールで文章を五島に送った。

だが、アルマロスからの返事は来なかった。

それからもむなしく待つだけの時間が続いた。

アルマロスの犯行声明と、自分との対話の記録を、夏希は何度も読み返した。

結局、新しい発見はなかった。

織田は何度か電話を掛けたり、PCのメッセージを送信したりしていた。

しばらくして横井から、今日の事件では擦過傷程度の人的被害しか出ていないとの報告が上がってきた。

夏希はとりあえずホッとした。やはり、アルマロスは誰かをケガさせようとは思っていないのだ。

退庁せよとの織田の指示に従い、夏希は汐留庁舎を離れた。

外食をするのもエネルギーを使う。夏希は戸塚駅直結のトツカーナモールでデリカテッセンを買って夕食にすることとした。

今日は精神的にひどく疲れた。夏希はバスタイムの後で、買ってきた惣菜《そうざい》をワインと共に流し込むとすぐにベッドルームに向かった。

向かいの林からホトトギスの声が聞こえてきた。ホトトギスはインドや中国南部で越冬すると、五月中旬から今頃の季節に日本に渡ってくる。到着した頃には夜にもよく鳴く。仲間に居場所を伝えるためだという説を聞いたことがある。舞岡はカッコウさえ鳴くことがあるのだ。

人家も少ないこの丘で、夏希は一度ならず二度までも危険な目に遭った。だが、交通至便なのに自然環境が豊かな舞岡の地から離れがたい気持ちはつよかった。

さやかな風の音とホトトギスの夜鳴きを子守歌に、夏希はいつしか静かな眠りに入った。

【4】

翌日、登庁すると、さっそく五島が呼びに来た。

朝一番でミーティングを行うという。

「昨夜、また、アルマロスは新しい犯行を実行したのですか」

おそるおそる夏希は訊《き》いた。

「いえ、そういうことではありません。メルファース事件の後、アルマロスはなりを潜めています。その点についても横井さんたちから報告があるはずですよ」

五島は元気よく答えた。

織田のブースに入ると、織田、横井、山中がいつもの席に座っていた。

心なしか誰しも明るい表情だ。

夏希と五島が席につくと、さっそく織田が口を開いた。

「捜査に進展がありました。横井さんから報告してもらいましょう」

「真田さん、大当たりだよ。令状が無事に下りて東証に情報開示させた。そしたらね、サウンドウィンドなど三社の株式を不自然に売り買いしてる企業が見つかったんだ」

横井は張りのある声で言った。

「本当ですか」

夏希の声も弾んだ。

「ああ、個人ではなく法人二社だ。両方とも横浜市の会社だ。鶴見《つるみ》区に本社所在地のある食品販売会社の株式会社宮光《みやこう》食品と、神奈川区に本社のある不動産会社ツルタプランニング株式会社の二社だ。この二社が一昨日《おととい》、サウンドウィンドの株式を、昨日はラクソンとヨツワテックの株式を大量に購入しているんだ。それだけなら、一般の投資家も同じような行動を取るかもしれない。ところがね、この二社はここ半年以上、いっさい株の売買なんてしていない会社だ。被害三社の株式だけを買っているんだ。怪しいとしか言いようがない」

横井の声は朗々と響いた。

夏希は胸がドキドキしてきた。

「たしかに怪しいですね」

「事件の発生と株式の空売り、購入の時期も符合する。宮光食品とツルタプランニングは最初の《歌いーぬ》事件が起きる前の週の金曜日、五月二七日にメルファースとAINSも含めた被害五社の株を空売りしている。そして、事件後値下がりすると次々に購入し始めた。サウンドウィンドの株を買い入れたのは一昨日の大引《おおび》け直前だ。また、ラクソンとヨツワテックの株の購入は昨日の大引け直前なんだ」

横井の言葉の意味が夏希にはわからなかった。

「えーと大引けってなんですか」

ぼんやりと夏希が訊くと、横井はかすかに笑って口を開いた。

「株式の取引は午前九時から一一時三〇分の前場《ぜんば》と、午後〇時三〇分から三時の後場《ごば》に分かれている。で、前場の終了時を前引《ぜんび》け、後場の終了時を大引けという。大引けはたくさんの注文が集中して株価が大きく動く。その日の終値を大引けということもある。今回の場合も被害企業の四社の株価は大引けでもっとも下落していて、翌日はいくらか回復している。つまり、事件が起きてから、それぞれ一番安くなる頃を見越して買い注文を出しているんだよ。空売りしたのは一連の事件が始まる直前、買ったのは事件が起きて株価がもっとも下がった時点だ。しかも、ほかの銘柄にはいっさい手を出していない」

横井は口もとに笑みを浮かべた。

「つまり、被害五社の株価が下がるのを知っていたとしか思えないってことですね」

夏希の問いに横井は大きくうなずいた。

「そうだ。事件の発生を知っていたからこその売買だ。空売りを利用して利益を得たとしか思えない。どう考えても臭いだろ」

横井の言葉に山中が身を乗り出した。

「この二法人は臭いなんてレベルじゃありませんよ。それでね、わたしのチームから横浜地方法務局に人をやって、両社の商業登記簿謄本を閲覧して履歴事項全部証明書をとってきたんですよ。そしたら、両社とも資本金は三〇〇万円と少ない上に、設立登記がここ一ヶ月の間に行われているんですよ。本社所在地には別の人間をやりましたが、両方ともマンションの一室なんだよ。社名表札すら出ていない。両社ともホームページも見つからないんですよ。絶対とは言えないが、ペーパーカンパニーのおそれがあるんだねぇ」

どこか嬉しそうに山中は言った。

「つまり会社としては事業実態がないのではないかと疑われるが、この二日間で三社の株式だけでなんと一億円強もの買い入れをしている。どう考えても不自然だ」

横井はきっぱりと言った。

「その二法人内の人間を被疑者として考えるに必要十分な条件がそろっていますね」

織田は慎重な言葉を選んで、横井と山中の主張に賛同した。

もちろん夏希も同意見だった。

「宮光食品とツルタプランニングのどちらかにアルマロスがいると考えてよさそうですね」

夏希が訊くと横井はつよくあごを引いた。

「実はね、織田隊長の許可を得て、それを確認するための措置をとった。東京証券新聞という業界大手の専門紙に捜査情報の一部をリークしたんだ。東京証券新聞本社は日本橋《にほんばし》茅場町《かやばちょう》で東京証券取引所から四〇〇メートルくらいの場所にある。でね、向こうの論説主幹と話した。サウンドウィンド、ラクソン、ヨツワテックの株価の暴落は何者かによって違法に操作されたおそれがあることを伝えたんだ。つまり不当な株価の暴落だということだ。もちろん宮光食品やツルタプランニングの名前は出していない」

横井はにやっと笑った。

「それで東京証券新聞はどんな反応を返してきたんですか」

興味津々という顔で五島が尋ねた。

「実はあちらも今回のＩｏＴデバイスの暴走は三社に対する株価操作である可能性を推測していたんだ。炯眼《けいがん》だね。やっぱり株の専門家は違うよ。我々は素人だからこの結論に近づくのにずいぶんと時間が掛かった。真田さんのひと言がなければ気づかなかった」

横井は謙遜《けんそん》するが、今日の横井の動きは警察官としてプロそのものだ。

「では、記事になったのですね」

五島は畳みかけるように訊いた。

「ああ、東京証券新聞は今朝いちばんに有料のウェブニュースでこの内容を記事にした。悪質なクラッカーが株価操作のためにＩｏＴデバイスを乗っ取った可能性が高い。サウンドウィンドなど三企業の経営状態等に問題はなく、あくまでも一時的な現象なので株価は回復するだろうとの予想記事だ。また、昨日の《イヌボット》事件もメルファースやAINSの株価操作を目的としたクラッキングであるおそれがあると報じている。さらに、今後も同様の株価操作を目的としたクラッキングが行われる可能性は否定できない。一連の事件で株価が変動することは株式市場全体の将来に悪影響を及ぼす。クラッカーが市場をコントロールできる事実を認めてしまうからだ。投資家は事件に左右されず冷静な行動をとってほしいと結んでいた」

まさに横井が企図したとおりの記事ではないだろうか。

「なかなかすぐれた記事ですね」

五島は感心したように言った。

「わたしもそう思う。この記事は論説主幹自身が書いてくれた。もちろん警察から接触があったことについては伏せてもらった。このニュースを多くの投資家は読んでいる。アルマロスも目を通しているに違いない。そうでなくともこうした情報は投資家には伝わってゆくんだ」

余裕の笑みを横井は浮かべた。

「成果はあがったのですか」

五島は続きを急《せ》かした。

「今日の株式市場でメルファースとＡＩＮＳの株価の推移を見なければ、成果ははっきりしない。だが、東京証券新聞のウェブニュースの影響力は小さくはない。ニュースに接した多くの投資家が慎重に行動するはずだ。問題は宮光食品とツルタプランニングだ。両社が今日の大引けまでにメルファースとＡＩＮＳの株式を買い入れるかどうか。大引け直前に注目したい」

　横井は目を光らせた。

「ここで両社に警戒心を与えようとするのは大正解だと思います。少なくとも、アルマロスに次の犯行を思い留《とど》まらせる大きな力になり得るはずです」

　織田は明るい笑顔を浮かべた。

「それにしても副隊長は株式市場に詳しいですね」

　五島が感嘆したような声を出した。

「いや、大阪府警にいた若いときに捜査二課の管理官をやってたことがあるんだよ。それで経済犯の捜査に携わるうちに基礎的なことだけは覚えたんだ。まぁその後、結局は警備警察に移ることになったけどね」

　横井はさらりと答えた。

　やはりそうだったのだ。横井には捜査経験があると夏希は感じていた。

キャリアは都道府県警の刑事課で現場を経験するポストに就くことは少ない。たとえば捜査一課は叩《たた》き上げでノンキャリアの優秀な捜査官しかいない。しかし、キャリアが捜査二課長や管理官の職に就くことはある。

「で、副隊長も株やってんですか」

山中がにやっとして訊《き》いた。

「わたし自身は株には興味がない素人だ。だいいちそんなカネもヒマもないよ」

自嘲《じちょう》的に横井は笑った。

「副隊長は捜査の経験があるから、その方面では頼りになるねぇ」

まんざらお世辞でもない顔つきで山中は言った。

「そうかい。捜査のプロに言われるとは光栄だね」

冗談めかして眉《まゆ》をひょいと上げて横井は答えた。

「わたしの報告はこのくらいです。あとは山中さんにお願いしましょう」

まじめな顔に戻って横井が話を振ると、山中はひとつかるく咳払《せきばら》いをして口を開いた。

「わたしは副隊長と連携を取りながら、宮光食品とツルタプランニングについての捜査を進めました。さっきもちょっと話しましたが、両社はペーパーカンパニーのおそれがつよいです。つまり、今回の株取引を行うために急いで設立したのかもしれないわけです。で、二法人の商業登記簿からさらに得た情報があるんですよ」

さらに嬉《うれ》しそうな声で山中は言った。

「どんな情報ですか」

声に期待をにじませて五島は訊いた。

「こうした事件では反社が関わっていることが多いんですよ。とくにマルBがね。ですんで、代表取締役をはじめ全役員にA号とZ号で照会掛けてみました」

山中はベテラン刑事そのものの顔つきになって話した。

夏希もさすがにこの程度の刑事用語は覚えた。

反社すなわち反社会勢力とは暴力団をはじめ、暴力団関係のフロント企業、総会屋、社会運動を標榜《ひょうぼう》するゴロ、特殊知能暴力集団、半グレ集団などの犯罪組織やその関係者を言う。マルBが暴力団を指すことは言うまでもない。

A号照会とは多くの都道府県警で前科前歴照会を、Z号とは暴力団員・暴力団関係者照会を指す警察内部用語である。

「残念ながら、両社の登記簿に記載されている役員に照会にヒットした者はいませんでした。それでも、今朝からうちの班の者を両社の本店所在地に聞き込みに行かせております。宮光食品の本店所在地居住所は増山利夫《ましやまとしお》、ツルタプランニングのほうの居住者は森川俊二《もりかわしゅんじ》という人物で、それぞれ両社の取締役です。また、登記簿上の本店所在地に居住していることになっています。さっき言ったマンションですね。聞き込みで両社の実態を把握できるかもしれません」

山中は手帳を覗《のぞ》き込みながら言葉を継いだ。

「また、興味深いことに、両社の代表取締役は共通する人物です。氏名は糟屋武志《かすやたけし》、登記簿上の住所は神奈川県藤沢市辻堂東海岸《つじどうひがしかいがん》となっています。いささか遠い上に、うちのほうは本店の聞き込みで手いっぱいです。織田隊長に神奈川県警刑事部に捜査依頼してもらいました」

かるく頭を下げて山中は言った。

「僕から福島正一《ふくしままさかず》捜査一課長に直接お願いしました」

織田は夏希の顔を見てにこやかに言った。

「福島さん……お元気でしょうか」

厳しいがあたたかい福島の白髪頭の顔が夏希のこころに浮かんできた。夏希が警察に入った頃から捜査本部で何度も一緒になった。夏希の帰宅時間を気にしてくれたり、ショックを受けている状態を気遣ってくれたりと思いやり深い福島を夏希は敬愛していた。

「ええ、とてもお元気でしたよ。真田さんにもまた会いたいと言っていました」

笑顔を保って織田は答えた。

藤沢市辻堂東海岸と言えば、江《え》の島《しま》署の管轄区域だ。

夏希は江の島署刑事課強行犯係の加藤《か》清文《とうきよふみ》巡査部長を思い浮かべた。

加藤はちょっと無愛想だが、こころの底に熱い刑事魂を持っている。夏希は加藤に何度も危ないところを助けられていた。尊敬と感謝の念を忘れたことはない。

夏希は事件に集中して忘れかけていた神奈川県警の仲間たちへの思慕の情が湧き上がってくるのを抑えられなかった。

小川《おがわ》、上杉《うえすぎ》、石田、沙羅《さら》、佐竹《さたけ》、小早川《こばやかわ》、ともに働いてきた仲間たちと一緒に働けないことが淋《さび》しかった。

なによりもアリシアに会いたかった。

前回の事件では会えたときの嬉しさがまざまざと蘇《よみがえ》ってきた。

「アリシアどうしてるかな……」

襲い来る淋しさに耐えられなくなって、夏希はわけのわからない言葉を口にしていた。

ほかのメンバーが奇妙な顔で夏希を見た。

「あ、ごめんなさい」

頬を熱くして夏希はぺこりと頭を下げた。

いまは個人的感情に浸っているような場合ではない。

「アルマロスが次の犯行に及ばないことを祈るばかりです。その間に我々はアルマロスに迫っていきましょう。とりあえず今朝のミーティングは終了とします」

織田の言葉に全員が立ち上がった。

夏希も自分のブースに戻った。

しばらくの間、夏希の頭から神奈川県警の仲間たちの顔が消えなかった。

第三章　聞き込み

【1】

「なんだよ、留守か……」

加藤清文は短く舌打ちした。

その日の一〇時頃、辻堂東海岸四丁目のマンション最上階、四階の通路に加藤は立っていた。

建物の向こう側は数軒の民家を挟んで砂防林の松林が続いている。国道一三四号を越えると辻堂海岸だ。

明るい陽光のもとで吹いてくるオンショアの風は、気持ちのよい潮の香りを運んでくる。

マンションの名前である《シーサイド辻堂東海岸》は伊達《だて》ではなさそうだ。

江の島署に異動して数年になる加藤だが、このマンションを訪ねた記憶はなかった。

潮風のさわやかさとは裏腹に加藤の気持ちは冴《さ》えなかった。

何度鳴らしても室内からの反応はない。

玄関脇の電力メーターもまわっていなかった。

ちょうどそのとき、反対側に位置する隣の部屋の住人と思《おぼ》しき女性が階段を上ってきた。

三〇代なかばくらいの小ぎれいな女性だ。ダンガリーシャツにチノパン、ラタンのサンダルを履いている。

肩から紺色のコットントートを提げて、買い物の帰りといった雰囲気だ。コンビニにでも行ってきたのだろう。

「あのぉ……そちらのお部屋に御用ですか?」

女性は明るく声を掛けてきた。

「ええ、ちょっとお聞きしたいことがありましてね」

顔に笑みを浮かべてなるべくやさしい口調で加藤は答えた。

「そうですか……」

女性はこわばった声で答えた。

眉間《みけん》にしわが寄っていて明らかにおびえている。

ずいぶんにこやかな表情で答えたつもりだったのだが。

「あ、こんにちは。僕たち警察の者なんです」

かたわらの北原兼人《きたはらかねと》巡査が代わりにあいさつした。

まだ二七歳の新米刑事で江の島署刑事課の同僚でもある。加藤は刑事課長から指導役を任されていて、二人組で動くことが多かった。

女性は加藤と北原を交互に見て表情をゆるめた。

「ああ、刑事さんなんですね」

得心がいったように女性は言った。

「はい、江の島署の者です。いつもお世話になっています」

さわやかな笑顔で北原は名乗って警察手帳を提示した。

仕方がないので加藤も警察手帳を見せた。

女性の表情はすっかり平穏なものに変わった。

捜査一課の石田に比べると頼りないが、この男はなにより愛想がいいのが取り柄だ。

しかもさわやかな容貌《ようぼう》だ。こうして市民と接するときにも相手は警戒を解いてくる。

「糟屋さん、なにかしたんですか」

眉《まゆ》をひそめて女性は訊《き》いてきた。

「いいえ、ある事件の関係で伺いたいことがあっただけなんです」

顔の前で手を振って、加藤は言葉に力を込めた。

「そうですか……ならいいんですけど」

「お留守のようですね」

「たぶん、引っ越したと思いますよ」

「え……そうなんですか」

加藤と北原は顔を見合わせた。

「いつ頃ですか」

「最近ですよ。一週間くらい前にサイさんマークのトラックが二台来てて、家具とか荷物を運び出してましたから」

「一週間前ですか。サイって動物の？」

「そうです。アフリカとかにいる……あ、思いだした。わたしその日の夜、ヨガ教室だったから火曜日です」

思いだしたことが嬉《うれ》しいのか、女性ははしゃいだ声で言った。

「なるほど、二四日ですね。ところで、糟屋さんがどこへ引っ越したかわかりますか」

加藤は期待を込めて訊いたが、女性は首を横に振った。

「知りません。とくにつきあいがあったわけじゃないですから。ここ賃貸なんで隣近所とはあまりつきあいないですね」

「すみません、管理している不動産会社とか教えてもらえますか」

「辻堂駅南口の辻堂住建《じゅうけん》って会社です」

そこへ行けば引っ越し先がわかるかもしれない。

感心したことに、北原はいつの間にか手帳を取り出してメモを取り始めている。

「ところで、糟屋さんって、なんの仕事してたんですか？」

反対に女性が訊いてきた。

刑事は相手の質問には答えないのが常道だが、被疑者ではないこうした相手の場合は別だ。できるだけ会話を滑らせた方がうまくいく。

「詳しくは知らないですが、会社役員ってとこですね」

加藤は差し障りのない答えを返した。

「へぇ、いつも家にいるみたいで、なにしてる人かと思ってたんですよ」

これは意外に重要な情報かもしれない。

少なくとも警察庁から聞いている代取をしていた会社に通っていたわけではないようだ。

「なるほど、会社に行っているようすはなかったんですね」

我が意を得たりとばかりに女性はうなずいた。

「そうなんですよ。わたしも勤めてないんでだいたい家にいるんですが、昼間にここで鉢合わせしたり、近くのコンビニで会ったりしていたんです」

加藤のコワモテにも慣れたのか、女性はなめらかに話している。

「いくつくらいの人でしたか」

「さぁ、三〇代後半ですかね。わたしよりちょっと上くらいかな。四〇にはいってないと思います」

「印象つうか、どんな感じの人でしたかね」

加藤はやわらかい声で尋ねた。

「サラリーマンっぽくはないですね。髪長めだし。でも、おしゃれな感じで、コンビニで会ったときもけっこうきれいな格好してました。そうそうパタゴニアなんかよく着てましたね。会うと必ず頭下げてくるし、たまにこんにちはとか声かけてくるんで……おかしな人という感じはなかったですね」

「常識的な人だったんですね」

「ええ……糟屋さん、なんかやったんですか？」

女性は不審そうな顔でまた訊いた。

「さっきも言いましたが、そういうことではないんです」

加藤の言葉がきつかったのか、女性はちょっとたじろいだ。

「糟屋さんに家族はいましたかね」

声をやわらげて加藤は質問を続けた。

「わたしがここに越してきたのは昨年の秋なんです。主人の転勤の関係で静岡県から来ました。そのときには糟屋さん、もうお隣さんでした。で、その頃は奥さんやお子さんと一緒だったと思うんですよ。奥さん、三〇代前半かな。とってもきれいな方でした。で、四歳か五歳くらいの男の子がいたんです。毎朝、幼稚園のバスが迎えに来るとお子さんを見送っていたから。夕方もそうでしたね。ほら、このすぐ下までマイクロバスが送り迎えに来るんですよ」

女性は階下を指さした。

閑静な住宅地のなかの細い道だが、マイクロバスは入ってこられそうだ。

「お子さんはどちらの幼稚園に通っていらしたんですか」

家族がいたというのは重要な情報だ。

「湘南工科大《しょうなんこうか》のすぐ近くにある、しおさい幼稚園ってとこです。このあたりは小さいお子さんも多いから幼稚園がいくつかあるんですけど、どっちかって言うとハイソなほうかな。糟屋さんはお金持ちだったんでしょうね」

女性は小さく笑った。

しめたと内心で加藤はほくそ笑んだ。子どもの幼稚園がわかったとなると捜査を進めてゆける。

「奥さんは専業主婦だったんですかね」

保育園でなく子どもを幼稚園に通わせていたのだから、専業という可能性はある。

「さぁ、あいさつ以外に口をきいたことはないんで……でも、勤めに出ていなかったことは間違いないですね」

いまどきはテレワークなど多様な雇用形態がある。糟屋の妻が在宅ワークをしていたことは大いに考えられた。それにしても大収穫だ。妻子からたどれる事実は少なくないだろう。

「で、もちろん奥さんや子どもさんも一緒に引っ越したわけですよね」

加藤は念を押した。

「それがね、お正月頃から奥さんや子どもさんの姿を見かけていないんですよ。幼稚園バスも通過するようになっちゃったし……ここ二四世帯のマンションだけど、ほかにあの幼稚園に通っているお子さんいないんですよ」

と言うことは、離婚したか別居したのか。どちらにせよ、現在夫婦は一緒に住んでいないということなのだろう。

「家族のほかに来訪者というか、お客さんなどが来ていたようすはありませんでしたか」

女性は首を横に振った。

「あったのかもしれませんが、わたしは知りません。とにかくいつも静かで、人がいるんだかいないんだかという部屋でした」

「このマンションで糟屋さんとおつきあいのあった方はいませんかね」

「さぁ、わたしもどちらのお宅ともおつきあいなんてないんですよ」

女性は言葉を濁した。

賃貸マンションだけに管理組合などがあるはずもない。近隣のつきあいはなくてあたりまえだ。この女性からはむしろ多くの情報を得られたほうだ。

「そのほか糟屋さんについて、なにかお気づきのことはありませんか」

「いいえ、とくには……」

とまどったように女性は答えた。

「もしですね、なにか思い出されたり、糟屋さんが現れるようなことがあったら、こちらの携帯にお電話ください。ご協力ありがとうございました」

加藤は女性に名刺を渡しながら頭を下げた。

「わかりました。ホンモノの刑事さんとお話ししたの初めてなんです。主人が帰ってきたら悔しがると思います。刑事ドラマ大好きですから」

女性は陽気に笑った。

答えに窮した加藤は、頭を下げてそそくさと階段を下りた。

「まずはこのマンションからだな。全世帯に聞き込みだ」

加藤は三階の屋外フロアに立つと北原に言った。

「マンション内でのつきあいはないって、さっきの奥さん言ってたじゃないですか」

北原はいきなり苦情を口にした。

もう泣き言か……。

加藤は内心で笑いが出てきそうだったが、グッとこらえて厳しい声で答えた。

「そんなのまわってみなきゃわからんだろ」

つっけんどんに加藤は答えた。

「ここって階段が三箇所あって、ひとつの階段ごとに各階に二部屋しか入口がありませんよね。全世帯まわるとなると階段で四階まで三回上り下りするんですよ」

北原は嘆き口調で言った。

「いちいちうるさい男だな。誰が見たってそんなことはわかるじゃないか」

さらに無愛想な声で加藤は答えた。

「絶対、無駄足ですよ」

口を尖《とが》らせて北原は言った。

「そうだろうな」

加藤はあっさりと答えた。

「カトチョウ、無駄だと思っていて階段三回も上り下りしようって言ってるんですか」

北原は驚きの声を上げた。

「無駄じゃない可能性だってあるんだ。一パーセントもないだろうがな」

「そんなことによくエネルギー使えますね」

あきれ声で北原は言った。

「あのな、俺たちの仕事のほとんどが無駄足なんだよ。だいたい、今日の捜査だって、その糟屋武志って男が真犯人《ホンボシ》って可能性がどれほどあるかわからないんだぞ」

諭すように加藤は答えた。

「つまりカトチョウは捜査自体が無駄だと思ってんですか」

けげんな顔で北原は訊《き》いた。

「いや、そうは思っていない。今日の捜査を要請してきたのは警察庁《サッチョウ》の織田ってキャリアでな、警備局理事官を経ていまはサイバー特捜隊長だ」

「なんか雲の上過ぎてよくわかんないですけど、階級は？」

「警視正だよ」

「げえっ、うちの署長と同じじゃないですか」

北原はのけぞった。

警察は階級意識が過剰な組織だ。一介の捜査員が直接署長と話すことはほとんどない。

「この男はいけ好かないところはあるが、とても優秀な警察官僚だ。ヤツが睨《にら》んだ糟屋って男は事件と関わりがあるに違いない」

「カトチョウ、警察庁のキャリアの知り合いなんているんですか」

目を見開いて北原は言った。

「何度も捜査本部《チヨウバ》で一緒になったよ。それだけじゃない。ついこの前も一緒に犯人のアジトを襲ったんだ」

加藤はあの夜のことを思いだしていた。織田との仕事はいつまでも記憶に残るだろう。

「キャリアでそんな人いるんですか」

信じられないという声で北原は訊いた。

「ああ、織田はすかした顔とは裏腹に熱い男なんだ。そのうえ本部でこの要請を受けたのは、福島捜一課長だ。俺は福島さんをどの刑事《デカ》より尊敬している。今日も福島さんはな、うちの課長に電話してきて、俺を指名してくれたんだ。その後、わざわざ俺を電話に出して今回の事件について詳しく話してくれた。尊敬できるよ。ふつうあの立場の人間なら、課長に概要だけ伝えて終わりだ。俺たちを将棋のコマだと思っているんだよ。だが、あの人は違う」

福島のことを話しているうちに加藤はこころに熱いものを感じた。あんな男とまた一緒に仕事したいものだ。

「あり得ない……。なんかすべてがあり得ないんですけど」

なかばぼう然とした声で北原は言った。

「ま、ふつうにはいない警察官たちだな」

「カトチョウはおふたりを信頼してるから、今回の捜査は無駄じゃないっておっしゃるんですね」

北原は加藤の顔を覗《のぞ》き込むようにして訊いた。

「そういうことだ。だけどな、ちょっとでもクロにつながる要素があったら、ひとつひとつ潰《つぶ》してゆくのが刑事の仕事なんだよ。ぜんぶシロと判明すればそれはそれで大きな成果だ」

加藤の仕事に対する信念だった。

「僕、自信ないなぁ」

北原は頼りない声を出した。

「なにがだよ」

「刑事やってく自信ですよ。要するに徒労に賭《か》けろってことでしょ」

眉根《まゆね》を寄せて北原は答えた。

「洒落《しゃれ》たこと言うじゃねぇか。それじゃあここから帰っていいぞ」

突き放すように加藤は言った。

北原は言葉を失った。

「ただし、おまえとはもう二度と組ませるなって課長に言っとく」

この坊ちゃんがマトモな刑事になるまで、何年かかるか……笑いをこらえて加藤は冷たい声を出した。

「カンベンしてくださいよ。指導教官に見放されたらおしまいですよ」

嘆き顔で北原は情けない声を出した。

「だいいちおまえいくつだよ」

「二七です」

「そんなに若いくせに階段の上り下りくらいで文句言ってると、身体がなまって成人病……ああ、いまは生活習慣病って言うのか。病気になるぞ」

「わかりましたよ。カトチョウは僕の叔父《おじ》と同じくらいの歳ですもんね。カトチョウにできることが僕にできないはずはない。身体使うことだけですけど」

「歳のことは言うな」

北原に背を向けて、加藤はチャイムを鳴らした。

すぐに七〇歳くらいのかっぷくのいい老人が顔を出した。

「え……」

だが、糟屋のことはおろか、同じ階の隣の住人の名前も知らないと言うばかりだった。

留守の家も少なくはなく、二四世帯で話を聞けたのは隣の女性を含めて六世帯に留《とど》まった。とは言え、午前中の聞き込みとしてはまだ効率がいいほうだ。

結局、糟屋について知っている住人は最初の主婦を除いてひとりもいなかった。

三〇分以上の時間を食ったが、収穫はゼロだった。

「やっぱり無駄足でしたね」

淡々とした声で北原は言った。

「だから、それが俺たちの仕事だ」

「身体に叩《たた》き込んでいかないとならないなぁ」

独り言のように北原は言った。

想像に過ぎないが、これまでの人生で北原は合理的に効率よく生きることを心がけてきたのではないだろうか。

北原はそれきりなにも言わなかった。加藤も黙っていた。

加藤たちは覆面パトカーを駐車している辻堂海浜公園の駐車場に戻った。

「ここからすぐ近くだ。しおさい幼稚園に行ってみるぞ」

加藤は元気な声を出した。

「今度は収穫あるといいですね」

北原は元気なく言ってイグニッションキーを回した。

【2】

しおさい幼稚園はなかなか瀟洒《しょうしゃ》な校舎と緑豊かな園庭を持つ小規模な幼稚園だった。仏教、神道、キリスト教などの宗教系ではなさそうだった。

初めて訪ねたが、管轄区域なので加藤は場所は知っていた。

ちいさな体育館からは子どもたちの歌声や楽器を演奏する音などが響いてくる。

園庭で草花の手入れをしていた年輩の女性に声を掛けると、加藤たちを事務室に連れて行ってくれた。

廊下は静まりかえって園児たちの声は聞こえてこない。

事務室は一階の入口に近いところにある六畳ほどの部屋で、南に園庭が北側には廊下が接していた。部屋の東側には事務机がふたつ。西側には接客用の布ソファが置かれていて加藤たちは奥に座らせられた。

しばらくすると、薄緑のスーツ姿の女性が姿を現した。

加藤は名刺を差し出して江の島署の刑事であることを告げた。

北原も名乗った。

「当園の副園長をしております古田《ふるた》です。刑事さんのご来訪とは驚きました」

五〇代くらいの品がよい女性教諭だ。

「突然のお越しなのでお茶もお出しできませんが」

やわらかい声で古田は言った。

笑みをたたえてはいるが、目は冷ややかだ。あるいは嫌味なのかもしれない。

「申し訳ないです。我々はたいてい突然伺うものでして」

言い訳にもならないことを加藤は口にした。

「今日はお楽しみ会でして、すべての園児と担任たちは体育館におります」

古田はゆったりとほほえんだ。

「それはお忙しいところをどうも」

加藤は形式的に頭を下げた。

「いえ、かえってタイミングがよろしいのです。ふだんであれば、園児たちが大変に騒々しいですので。本園では元気で明るい子どもを育てることを第一の教育目標としておりますので……ところで、今日はどんなご用件でお見えですか」

古田は加藤の目をしっかり見据えて尋ねた。

「こちらに在籍していた園児さんのことについて伺いたいのです」

平らかな口調で加藤は言った。

「まぁ、うちの園児だった子が事件に巻き込まれましたの？」

開いた口に掌《てのひら》を当てて古田は驚きの声を上げた。

「いえ、そういうことではないのです。東京で起きた事件の関係なんですが、参考に伺いたいことがありまして」

加藤はおだやかな声を出すように努めた。

「どんなことでしょうか」

古田は目を光らせた。

「五ヶ月ほど前までこちらに糟屋という園児さんが在籍していましたよね。男の子なんですが」

ゆっくりと加藤は訊《き》いた。

「糟屋さんですか？　わたしの知っているお子さんにはいないお名前ですが」

首を傾げて副園長は答えた。

「しおさい幼稚園のバスに毎日乗っていたと言っている方が近隣にいるんですよ」

畳みかけるように加藤は問いを重ねた。

「五ヶ月というと昨年度ですね。ちょっとお待ちください。名簿を見てみますので」

古田は立ち上がると、壁際のファイリングキャビネットから一冊のファイルを取り出してきた。

カフェテーブルの上に名簿を開いた女性は後半のページを何度か見てから顔を上げた。

「なにかのお間違いではないでしょうか。昨年度在籍していた園児のなかに糟屋さんというお子さんはいません」

古田はきっぱりと言い切った。

「そんなバカな……」

北原は乾いた声を出した。

加藤は別の可能性に気づいて問いを変えた。

「それでは五ヶ月くらい前に、退園とか転園とか……こちらの幼稚園を離れたお子さんはいませんか」

「えーと、それは糟屋さんでなくともいいということですか」

古田は念を押して訊いた。

「はい、氏名は問いません」

加藤は古田の目を見て訊いた。

「待ってください。転退園児童名簿は別にあります」

ふたたび立ち上がると、古田は別のファイルをとってきて確認し始めた。

「ああ、いますね。冬休み明けにふたりの児童が転園しています」

名簿から顔を上げた古田はいくらか明るい声で言った。

「なんという名前の子どもですか」

声を弾ませて加藤は訊いた。

「山口柚希《やまぐちゆずき》さんという女のお子さんと、津川健太郎《つがわけんたろう》さんという男のお子さんです」

古田は明るい顔で答えた。

「男の子……津川健太郎くんの住まいは辻堂東海岸四丁目のシーサイド辻堂東海岸四〇二号室ではありませんか」

身を乗り出して加藤は訊いた。

「そうです。そうです。津川健太郎さんですか。この子ならよく知っています。去年はもも組の園児でした」

にこやかに古田は答えた。

「やっぱりこちらの園児さんだったのですね」

加藤は内心で快哉《かいさい》を叫んだ。

「ええ、当園には昨年の四月に年中クラスに入園しています。東京都世田谷《せたがや》区の千歳《ちとせ》が丘《おか》保育園からの転園です。ちょっとはにかみ屋だけど素直でかわいいお子さんでした。ハンバーグが大好きでお弁当に入ってるとはしゃいでました。それから将来は『仮面ライダーリバイス』になりたいって目を輝かせていたのが記憶に残っています」

古田は嬉《うれ》しそうに言葉を連ねた。

加藤はちょっと感心した。園児が何人いるのかは知らないが、古田は担任していない子どものことでも詳しく把握している。

「ほう、仮面ライダーというのはいまも続いているんですか」

小学生の頃に仮面ライダーはテレビから消えた。復活していること自体を加藤は知らなかった。

「テレビ朝日でいまやっていますよ。子どもたちに人気があります。『ヒーローと悪魔が相棒《タッグ》…つまり最強！』っていうキャッチ知りませんか」

はしゃぎ気味の声で古田は言った。

「すみません、子どもがおりませんもので……」

加藤は頭を掻《か》いた。

子ども相手の仕事はやはり大変だ。子どもの世界を知って理解してゆかなければならない。

自分にはとてもつとまりそうもない、加藤はそう思った。

「えーとすみません、健太郎くんの年齢はいくつですかね」

子どもがいない加藤にとっては年長とか年中などという言葉は縁がなかった。

「あの子はクリスマス頃の生まれだから、いまは五歳です。いま在園していれば年長さんですね。来年度は小学校に入学する年齢です」

「なるほどよくわかりました。健太郎くんの話を続けてください」

加藤は古田にもうしばらく話させようと思った。

「それから電車が好きでした。とくに藤沢市内を走っている上野《うえの》東京ラインとか小田《おだ》急《きゅう》線とか江《え》ノ電《でん》が大好きでママに電車を見につれてってもらうのが楽しいって言ってましたね」

自分でも楽しそうに古田は話した。

「なるほど子どもらしいですね……それで保護者の方は？」

話にじゅうぶんついてゆけない加藤は、肝心な質問に移った。

「津川香澄《かすみ》さん。お母さまですね」

テーブルに開いた名簿に目を落としながら、古田は答えた。

「お父さんは？」

加藤は念を押した。

「母子世帯ですね。名簿にもお父さまのお名前はありません」

古田は静かな声で答えた。

糟屋という名の子どもがいないと聞いた時点で、母子世帯だったのではないかと加藤は考えていた。糟屋武志と津川香澄は少なくとも法律上は婚姻関係になかったものに違いない。

「お母さまには二度しかお目に掛かったことがないので、詳しくはわかりません。でも、同じ世代の保護者さまと比べると落ち着いた雰囲気の方でした」

記憶をたどるような顔で古田は答えた。

「勤務先はブルースインターナショナルとありますが、どんな会社なんですかね」

名簿をのぞき込みながら加藤は訊いた。

「どんな会社なのか、具体的にどのようなお仕事をなさっていたのかはわかりません」

古田はおぼつかなげに答えた。

「そのあたりをぜひ伺いたいのですが」

いくぶん声をつよめて加藤は頼んだ。

「では、当時の担任を呼びましょう」

「ぜひ、お願いします」

加藤は頭を下げた。

「五分くらいでいいですか？　担任は長いこと子どもたちから離れられませんので」

厳しい顔で念を押すように古田は言った。

「はい、五分でけっこうです」

「少しお待ちください」

古田は席を立って廊下へと出ていった。

「なるほど……糟屋の姓では出てきませんでしたが、津川さんという女性は糟屋武志と結婚していなかったんですね」

古田の姿が消えると、感心したように北原は言った。

「そうらしいな」

加藤は素っ気なく答えた。

「でも……糟屋本人じゃなくて、一緒に暮らしていた女性じゃないですか。そんなに時間掛けて調べることに意味があるんですか」

北原はまじめな顔で訊《き》いた。

「あのな、津川さんってのは一緒に住んでたんだぞ。一時的には家族だったんだ……もしかすると糟屋について担任の先生からなにか聞けるかもしれないだろ。こんなマトモな線を放り出すのは愚の骨頂だぞ。本気で言ってるなら、おまえの捜査センスはゼロだ」

決めつけるように加藤は言った。

「はぁ……すみません」

北原は肩をすぼめてベソをかきそうな顔になった。

古田は二〇代半ばくらいのピンク色のスモックを着た細身の女性を伴って帰ってきた。

「昨年度、もも組を担任していた水谷《みずたに》です」

古田は手を差し伸べて紹介した。

「水谷菜乃《なの》です。よろしくお願いします」

元気のいい声で水谷は名乗るとぺこりとお辞儀をした。

「県警の加藤と北原です。お忙しいところどうも」

腰を浮かせて加藤はあいさつし、北原もこれに倣った。

古田と水谷はソファに腰を下ろした。

「お時間がないということで、要点を絞ってお伺いします。津川健太郎くんのお母さん、香澄さんの勤務先についてご存じですか」

ことさらにやわらかい声で加藤は尋ねた。

「お勤め先がどんな会社なのかはよくはわかりません。でも、テレワークって言うか、ご自宅でのお仕事でした。パソコンで仕事しているような……健太郎くんが調子の悪いときもすぐにお迎えに来て下さいました。そんなとき、健太郎くんはすごく喜んで。熱を出しているのにスキップしたりしてましたから」

水谷は明るい笑顔で答えた。

「健太郎くんはお母さんが大好きだったんですね」

加藤がなにげなく訊くと、水谷は大きくうなずいた。

「ええ、そうなんです。『健太郎くんのいちばん楽しいことってなぁに？』って訊くといつも『ママと一緒に寝ること』って答えてきました。『いちばん悲しいことはなぁに』って訊いたら『ママが泣いてるとき』って言ってました」

「ふつうの答えに思われるかもしれませんが、こんな答えってすごく珍しいです。たいていのお子さんは楽しいことを尋ねると『スイッチ買ってもらったこと』とか『江の島でロコモコ食べたこと』なんて言うんです。悲しいことは『妹が熱出してディズニーランドに行けなくなったこと』みたいな答えを返してきます」

水谷はちょっと苦笑いした。

いまの子どもは……と思いかけて、加藤は内心で首を横に振った。自分も幼児だった頃は似たようなものだったかもしれない。

「あと変な話なんですけど、地震が好きだって言ってました」

おもしろそうに水谷は言った。

「はぁ……地震が好きな子どもなんているんですか」

加藤には理解できなかった。

「それが『この前の夜、おっきな地震が来たときママがぎゅっとだっこしてくれたの、地震がきたらママだっこしてくれるよ』なんて言ってたんです」

水谷はさわやかに微笑んだ。

「なるほど……」

「かわいいお子さんですね」

加藤の言葉に水谷はつよくあごを引いた。

「ええ、本当にかわいい子でした。みんなでお父さんお母さんにお手紙を書こうって課題のときもすごく喜んでて。課題でなくても書いていいかって聞いてくるので、おうちでもたくさん書いてあげてねって指導してました。そしたら健太郎くん、『先生、僕ね、ママへのお手紙毎日書いてるよ。だって、ママ、すごく嬉《うれ》しそうなんだもん』って言ってました」

水谷の声はかすかに潤んだ。この先生から見てもいじらしい子どもだったのだろう。母子世帯だけに健太郎の母への愛情はつよいものだったのかもしれない。

「お母さまも健太郎くんをすごく大事にしてました。面談のときに『家での仕事で忙しいので、あんまり健太郎と向き合ってあげられない』とおっしゃっていたので、『園から帰ってきたときに五分でいいから毎日、健太郎くんのお話を聞いてあげるだけの時間を作って下さい』と申しました。そしたら、毎日その通りになさって『健太郎がすごく喜んでました』って……それから、夜寝るときには毎晩、『きかんしゃトーマス』や『おさるのジョージ』の絵本を読み聞かせしてあげるようになったともおっしゃっていました」

ちょっと胸を張って水谷は言った。

母子が豊かな愛情で結ばれていたことはよくわかった。

「お父さんの話はしていませんでしたか」

加藤は質問を変えた。

「お父さまはたしか三年くらい前に交通事故で亡くなったとか……」

そうだったのか。しかし、その人物は糟屋とは直接関係ないだろう。

「いえ、実父のことではなくて、健太郎くんがこちらに通っていたときのお父さん……と言うか同居人の男性の話です」

加藤は水谷の目を見つめて訊いた。

「そんな方はいないと思いますけど……」

水谷は本当に知らないようだった。瞳《ひとみ》には真実の光があった。

「そうですか。シーサイド辻堂東海岸の借主は男性のようなんですが」

この点はまだ裏はとっていなかったが、糟屋は宮光食品とツルタプランニングの商業登記簿にあのマンションを自分の住所として登記しているのだ。おそらく借主は糟屋だ。

「お母さまと健太郎くんのふたり暮らしだったはずですが……」

水谷は不思議そうに首をひねった。

「もしそうなら親戚《しんせき》の方の名義とかですかね」

古田も不思議そうに言った。

「その可能性はありますね」

加藤は適当に話を収めた。

「ところで、健太郎くんは今年の一月にこちらの幼稚園をやめたと言うことですが、引っ越ししたんですかね」

マンションの隣人の女性の話では引っ越したと思われるが、裏をとる必要がある。

「はい、引っ越すというお話でした。なんだかあわただしくて、健太郎くんともお母さまともほんの短い時間しかお話しできませんでした。詳しい事情は伺えなかったんです。健太郎くん、先生やお友だちと別れるのはやだって泣いてました」

沈んだ声で水谷は言った。

「健太郎くんの転園先はわかりませんか」

加藤は期待を込めて訊いた。

「お母さまが幼稚園の空きが見つからないっておっしゃってましたので、転園していないのかもしれません」

水谷はあいまいに答えた。

「転園してしばらくすると、転入した旨と相手先から指導要録の送付の要請があるのですが、どこの幼稚園からも来ていないので、いまは幼稚園には通っていないかもしれません」

背筋を伸ばして古田は言った。

「指導要録ですか……」

加藤にはなじみのない言葉だった。

「学校教育法施行規則第二四条に基づき、園長が作成する園児の指導の過程と結果の要約を記録した書類です。もちろん小中高の児童生徒についても作成します。転園児は転園先に、卒園児には小学校に送付することになっています」

古田の説明で納得できた。要するに園児・児童・生徒に関する在籍と評価の公的な証明原簿なのだ。

「引っ越し先の住所はわかりますか」

加藤は引っ越し先を訪ねて津川香澄に会おうと考えていた。

「こちらに記載してあります。海老名《えびな》市ですね」

古田は名簿の記述を指さした。

海老名市国分南《こくぶみなみ》の住所が記載されていた。

「メモします」

北原があわてて住所を書き写した。

「大変恐縮ですが、水谷はもう子どものところに戻らないとなりません。いまは二学級の園児をひとりの担任がみていますので」

古田はちょっとつよい調子で言った。

「申し訳ありません。ほかに津川さんのことでなにか気づいたことはありませんか」

急いで加藤は質問をつけ加えた。

「気づいたことですか」

水谷は目をぱちくりさせた。

「たとえば、ふつうの保護者とは違うような変わった行動などです」

加藤は慎重に言葉を選んで尋ねた。

「いえ、とくにありません。いいお母さまでした。非常に知的な感じでちょっとクールな印象を受ける方でした。でも、お別れするときに『この子はわたしのただひとつの宝ものなんです』と言って健太郎くんを抱きしめていた姿が忘れられません」

声をわずかに震わせて水谷は答えた。

「ありがとうございます。なにか思い出しましたら、副園長先生にお伝え頂けますか」

笑みを浮かべて加藤は頼んだ。

「わかりました。では、失礼します」

水谷は立ち上がると、頭を下げてそそくさと立ち去った。

「副園長先生、お時間頂きありがとうございました。大変参考になるお話を伺えました」

如才なく言って加藤は頭を下げた。

「それならばよかったです。江の島警察署さんにはこれからもお世話になると思いますので、どうぞよろしくお願いします」

鷹揚《おうよう》な調子で古田は答えた。

加藤たちはそのまま事務室を後にした。

「いくつか参考になることがありましたね」

覆面パトカーの運転席で北原は弾んだ声を出した。

「そうさ、無駄どころか大収穫だ。俺は津川香澄に会いに行くつもりだが、まずは糟屋武志の転居先を調べるのが先だ。あのマンションの管理会社に行ってみるぞ」

加藤は明るく言った。

「わかりました、駅南口の辻堂住建ですね」

北原はエンジンを始動させた。

手帳などは見ずに言って、こいつ話はちゃんと聞いているんだな、と加藤は思った。


【3】


目指す辻堂住建は南口の駅前の浜竹《はまたけ》通り沿いにあった。

区画整理が行われた場所なのか新しいビルばかりが建ち並んでいる。

通りには飲食店やコンビニ、学習塾などが目立つ。

近くのコインパーキングに覆面パトカーを駐《と》めて、加藤たちは、きれいな新しい雑居ビルの一階にある不動産屋に入っていった。

警察であることを伝えると、店の奥のブースに通された。

紺色の制服を着た若い女性店員がお茶を持って来た。

応対したのは店長代理を名乗る五〇代くらいの桑山《くわやま》という女性だった。

「お宅では辻堂東海岸四丁目のシーサイド辻堂東海岸を管理されていますよね。賃貸契約も扱っているんですよね」

加藤はなにげない調子で切り出した。

「はい、うちの専任媒介物件なんで賃貸契約はすべてうちで扱っています」

はっきりとした声で桑山は答えた。

「四〇二号の糟屋武志さんについて伺いたいのですが……」

明るい声で加藤は訊《き》いた。

「糟屋さんがなにか問題を起こしたんですか」

桑山は目を見開いた。

「いえいえ、そういうことではないのですが、ちょっとお話を聞きたいことがあってお訪ねしたんですが、引っ越されたようなんです。お話を伺うために引っ越し先を教えて頂けないかと思いまして」

桑山の疑惑を加藤は必死で打ち消した。

いまの段階で糟屋を被疑者扱いするわけにはいかない。

「なるほどそういうことでしたか……でも引っ越されたんですか……」

首を傾げて桑山は立ち上がった。

桑山は隣の部屋からノートPCを持って来て、テーブルの上に置いた。

「糟屋さんですね……やはり、転居なんかしていませんよ」

ささっとPCを操作して桑山は答えた。

「え？　契約は続いているんですか」

加藤は驚きの声を上げざるを得なかった。

「はい、先月の家賃もふつうに振り込まれています。この物件は月末払いなのですが、三〇日にミツワ銀行藤沢支店から振り込まれています。たぶん藤沢駅にあるキャッシュディスペンサーですね。ここから振り込まれるお客さまは多いんです」

桑山はゆったりと微笑んだ。

「近隣の方が引っ越し業者のトラックで荷物を運び出すところを見たと言っているんですがね」

畳みかけるように加藤は訊いた。

「家財を運び出したと言っても、引っ越しとは限りませんよね」

糟屋は引っ越していないのだろうか。

「じゃあなんで家財道具を運び出したりしたんでしょうね」

「さぁ、わたくしどもではわかりかねます」

桑山は困ったような顔を見せた。たしかにその通りだ。

「物件の管理についてなにかトラブルがあったことなどはないですか」

加藤は質問を変えた。

「記憶にないですね。家賃の滞納などもないはずです」

桑山はきっぱりと言い切った。

「近隣の居住者からの苦情等もないんですよね」

「ええ、とくには」

「入居はいつ頃かわかりますか」

「はい、去年の四月二日ですね」

PCを眺めながら桑山は答えた。

「前の住所はどうでしょうか」

桑山はテーブル上の銀行の名前の入ったメモパッドを一枚剝《は》がすと、さっとペンを走らせた。

「横浜市神奈川区ですね……」

「こちらのメモ頂きます」

加藤はメモをポケットにしまった。

「ずいぶんと詳しいお尋ねですが、糟屋さんがなにか？」

疑うような目つきで桑山は訊いた。

「いえいえ、ついでに伺っただけです。お時間を頂き申し訳ありませんでした」

加藤はあらためて相手の疑いを否定しなければならなかった。

「駅前交番さんにはいつもお世話になっておりますので」

桑山は営業スマイルで答えた。

加藤たちは辻堂住建を後にして浜竹通りを歩き始めた。

「メシ食ってくか」

加藤の言葉に北原は笑顔でうなずいた。

「そうですね、ちょうどいい頃合いですね」

駅前だけあって、すぐ近くに飲食店が並んでいる。

加藤たちはすぐ近くに建っていたラーメン屋に入ってさっさと昼食を済ませた。

警察官とくに刑事は早飯が多い。

「あのマンションにもう一回行ってみたほうがいいですかね。糟屋の部屋に」

覆面パトカーに戻ると、さっそく北原が言った。

「場合によっては、辻堂住建に部屋の鍵《かぎ》を開けてもらう必要があるかもしれないな。だが、俺は糟屋は引っ越していると思う」

「なんでそう思うんですか」

北原は不思議そうに訊いた。

「まず電力メーターが停まっていた。冷蔵庫も動いていないということだろう。それに、糟屋が今回の事件に関わっているのなら、引っ越しても住所を確保したいという気持ちはあると思う。法人を起《た》ち上げるのには住民票所在地が必要だからな。新たな会社を起ち上げようとしたら、あのマンションだってじゅうぶんに本社所在地となる」

「つまり、空き部屋でも確保しておきたいということですね」

合点がいったという顔を北原はみせた。

「おそらくはな。さらに引っ越したのは、今回の事件であのマンションの住所に俺たちが来ることも警戒してトンズラしたんだろう」

「なるほど、よくわかりました」

「だけど、裏をとろう。藤沢市役所で確認だ」

「了解です」

北原はクルマをスタートさせた。

藤沢市役所の市民課で、加藤たちは職権で住民票を閲覧した。

加藤の予想通り、糟屋は住民異動届を出していなかった。住民票は藤沢市辻堂東海岸のままだった。

「これからどうします」

藤沢市役所の真新しいロビーでペットボトルの緑茶を飲みながら北原が訊いてきた。

「おそらくあの部屋を開けてもらっても、もぬけの殻だろう。それよりも先に行くべきところが二箇所あるな」

加藤は北原の顔を見て言った。

「どこですか？」

「ひとつは津川香澄の引っ越し先だ」

「海老名市でしたよね」

北原はうなずいてスマホをポケットから出した。

「ああ、もうひとつはサイさんマークの引っ越し業者だ」

「サイさんマークのトラックの……」

「さっき調べたんだが、サイのマークの引っ越し業者は全国に一社しかない。斉藤《さいとう》トランスポートという会社で大手ではない。本社は東京都中野《なかの》区で川崎《かわさき》市幸《さいわい》区に神奈川支店がある。埼玉支店も千葉支店もあるが、まずは神奈川だな」

調べたサイトを加藤はスマホで表示した。

「ああ、南武《なんぶ》線の鹿島田《かしまだ》駅の近くですね」

北原は自分のスマホをささっとタップした。

「鹿島田だと三六キロ強か……参考タイムは一時間。いやいや、渋滞を考えたら一時間半はかかるな」

「いまから向かうと四時くらいか」

悪い時間ではない。まだ店舗は開いているはずだ。

「津川さんの引っ越し先は海老名市国分南一丁目と……」

やはり北原は記憶力がいい。今日はいろいろな住所が出てきたので、加藤はすっかり忘れてしまった。

「海老名は二五キロ弱……参考タイムは四〇分となってるけど、小一時間はかかりますよ」

「一時間と一時間半なら、たいした違いじゃない。サイさんからいくか」

「そうですね……あ、ダメですよ。今日は水曜ですよね。定休日となってます」

北原はあわてたような声で言った。

「休みじゃ仕方ないな。じゃあ、サイさんに行くのは明日《あした》にして、これから海老名だな」

さっと加藤は立ち上がった。

「了解です」

釣られるように北原も元気よく立ち上がった。

加藤たちは三時半頃には海老名市の国分南に到着した。

まわりは畑も残るのどかな住宅地だった。農家が畑をつぶして売った土地に民家がぽつぽつと建っているといった雰囲気だ。

南側のわりあい近くに史跡の相模国分寺《さがみこくぶんじ》跡があった。かつては壮麗な寺社建築があったらしいが、現在はだだっ広い芝生地になっている。

しおさい幼稚園で調べた住所には、二階建てで六世帯の《パミーユ海老名》というアパートが建っていた。津川母子の部屋は二階の中央だった。

白いサイディングの壁を持つ比較的新しい建物だったが、辻堂東海岸のマンションとは比べられぬほど貧弱な住居だ。

表札は出ておらず、チャイムに反応はなかった。

「ゆっくりだが電力メーターがまわっている。この家に住んでいるんじゃないんだろうか」

加藤たちはさっそくほかの部屋に聞き込みにまわることにした。

幸いにも隣の西南にある角部屋のチャイムには反応があった。

「なんでしょう」

顔を出したのは七〇代なかばくらいの女性だった。

痩《や》せこけているが、しわだらけの顔はなかなか美形だ。

「警察の者ですが」

できるだけやさしい声で加藤は名乗って警察手帳を提示した。

「あら、あたし逮捕されるようなことしたかしら。スピード違反したのはもう八年も前だし。もっともね、去年クルマ売っちゃったのよ」

女性はふふふと笑った。

こういう相手だと話がしやすい。

「いやいや、奥さん。いつも警察が逮捕にまわっているわけじゃないんですよ」

加藤はにこやかに言った。

「あら、そう。刑事さん、怖い顔だけどいい男ね。あたしを口説きに来たのかしら」

陽気な女性らしい。冗談が続いた。

「あはは、いま職務中ですので、デートのお誘いしたら、わたしゃクビになっちゃいますよ」

とりあえず加藤は差し障りのない答えを返した。

「残念ね。息子が長崎のほうに一ヶ月くらい仕事で行ってんのよ。いまならデートするヒマもたくさんあるのに」

「そうですか。それはお淋《さび》しいですね」

「あら、ありがと。ところで何の御用？」

まじめな顔に変わって女性は言った。

「お隣の津川さんのことでお話を伺いたいんです」

加藤はあえてやわらかい声で訊《き》いた。

「お隣の奥さん、逮捕されるの？」

だが、女性は眉《まゆ》をひそめて訊いた。

「いえいえ、ある事件について、もしかしたらご存じのことがあるかもしれないんでお訪ねしたんですけどお留守なんで」

加藤は言葉に力を込めた。今日は何度目だろう。

「あら、連続殺人事件？」

女性はわざとのように怖そうな顔をした。

「そんな恐ろしい事件、実際には滅多に起こることはありません」

「あたしポワロとかブラウン神父とか見るのが好きなのよ。息子がブルーレイでそろえてくれてね。何度も見てるのよ」

嬉《うれ》しそうに女性は言った。

「連続殺人事件なんて、推理小説やドラマのなかでしか起きないです。わたしも優秀な灰色の脳細胞など持ってないです。ところで津川さんのことなんですが……」

加藤の言葉を女性は手を振って制した。

「おうちに上がってもらいたいけど、散らかってるからごめんなさいね」

「いえいえ、ここでけっこうですよ」

そんなに長い時間にはならないだろう。

「あたしが保《も》たないから、ここに椅子持って来ていいかしら」

ちょっと情けない声で女性は訊いた。

「どうぞどうぞ」

加藤の言葉にうなずくと女性は部屋の奥に入っていった。

すぐにダイニングテーブル用の椅子を持って来て玄関の床に置くと、黒いゴムのドアストッパーで玄関の扉を開けっぱなしにした。

「で、津川さんのことってなにかしら」

椅子に座った女性は加藤の目を見て尋ねた。

「津川さん、お留守みたいですけど、お勤めに出かけているんでしょうかね」

さりげない質問から加藤は始めた。

「たぶん違うわね。昼間に洗濯物干したり取り入れたりしてるものね。それに時々会うのよ。そこのおそば屋さんでお子さんとお昼食べてるとかね。そんなことより、ちいさなお子さんがいてあの方おひとりらしいでしょ。お勤めには行けないわよね」

賢《さか》しらに女性は言った。

幼稚園には行っていないらしい。健太郎の転園先から情報を得ることはできないようだ。

「奥さんは、息子さんもご存じなんですね」

「そうそう。健太郎ちゃん。かわいい子なの。時々お菓子上げてるのよ。そうすると、ちゃんと『おばあちゃん、ありがとう』ってお礼言うの。しつけがしっかりしてるのね。天気のいい日なんかこのアパートの下で縄跳びしたり、電車のおもちゃで遊んでたりするわね。時々ね、あたしにお話ししてくれるのよ。ほら、去年、駅の隣にロマンスカーミュージアムができたでしょ。お母さんに何度か連れてってもらったんですって。ロマンスカー大好きなんですって。それでね、ホンモノのロマンスカーに会えるし、ロマンスカーシミュレーターが最高だなんて言ってた。今度あたしを連れてきたいって。ね、かわいい子でしょ」

女性は目を細めた。

「そうですね」

幼稚園の水谷教諭もかわいいと強調していた。健太郎は人に好かれる子らしい。

「あたしの息子、独身なのよ。四二歳で本当にいい子なのに、縁が薄いのね。だから、孫もまだ。なんだか、健太郎ちゃんが孫みたいな錯覚しちゃって。本当はうちの息子が早くお嫁さんもらってくれて孫の顔見たいんだけどね」

話が逸《そ》れ始めた。

「健太郎くんがいい子でよかったですね」

加藤は適当に話を合わせた。

「それがね、ここのところ見かけないのよ。そう、一週間くらいかしら……」

女性は眉根《まゆね》を寄せた。

「見かけないって、健太郎くんの姿をですか」

加藤は念を押した。

「先週の木曜日、お母さんがすごく暗い顔して階段下りてくのは見かけたけど。うん、燃やせるゴミの日だったわね」

眉間《みけん》にしわを寄せて女性は言った。

「入院したとか、そんなことがあったのですかね」

「わからない……でも、違うんじゃないのかしら。健太郎くんが入院でもしてたら、お母さんしょっちゅう病院に行くはずでしょ。でも、津川さんのクルマ、いつもここの駐車場に駐《と》まってるから。ほら、そこにピンク色の軽自動車が駐まってるでしょ。ホンダのクルマ」

女性は加藤たちの立つ外廊下の向こう側を指さした。

加藤は振り返って階下の駐車場を覗《のぞ》いたが、ピンク色のクルマは見えなかった。

「いまは駐まってないみたいですよ」

「そう、じゃ、今日はクルマでお出かけかしらね……そう言えば、お母さんも三、四日見てないような気がする。わたし、朝のうちにこの外廊下を掃き掃除するんだけどね。そうすると、隣の奥さんがゴミ捨てに出てきてあいさつするのよ。でも、月曜の燃やせるゴミも今日のプラゴミも奥さん出してなかったわね」

記憶をたどるような顔つきで女性は言った。

「そうですか」

言葉少なに加藤は答えたが、一週間前から健太郎の姿が見えないことと、三、四日前から津川香澄も留守らしいということには引っかかりを感じた。

だが、ただ単に健太郎は実家などに預けているだけかもしれないし、香澄は仕事でどこかへ出かけているだけなのかもしれない。

いずれにしても、今日、ここで待っていても香澄に会うことは難しいような気がする。

「ところで、隣の津川さんのところに、お客さんなどは来てなかったでしょうか」

津川香澄と接触していた人間はいるのだろうか。

「さぁ、あたしの知ってる限りではいないわね。あの人、一月に越してきたでしょ。いつも静かだったわよ、隣のお部屋。彼氏とかいればちょくちょく顔を出すでしょうけどね」

女性はのどの奥で笑った。

となれば、糟屋はこのアパートを訪ねてはいなかったらしい。

「津川さんはどんな方ですか」

これを最後の質問にしようと思って加藤は訊いた。

「きちんとした人よ。あいさつもちゃんとするし、ゴミ出しもルール通り。健太郎ちゃんのこともとてもかわいがってるわよ。やっぱり女手ひとつで子どもを育ててる人は強いわよ。あたしだって息子が小六のときに旦那《だんな》に死なれてから、どんだけ苦労したか。誰かに頼らずにやってくってのは本当に大変なんだから」

女性もシングルマザーだったようだ。また、話が逸れてきた。

「あんな美人なのに、津川さん、なんでひとりなのかしらねぇ」

加藤が黙っていると、まじめな顔で女性は言った。

「ありがとうございます。お時間を頂き恐縮でした」

加藤は丁重に礼を述べた。

「いーえ、素敵な刑事さんとお話しできて楽しかったわ。またおいでなさいな。今度はちゃんと部屋掃除しとくから」

冗談でもなさそうな口ぶりで女性は言った。

「はぁ……お訊きしたいことが出てきたらまた伺うかもしれません」

適当な言葉で加藤はごまかして、女性の部屋から立ち去った。

加藤たちはほかの部屋も訪ねた。一階の真下に住む大学生からも、ここ数日、上の部屋で物音がしないという話が聞けた。三、四日姿が見えないという二階の女性の話を裏づけるものだった。ほかの部屋は留守宅ばかりだった。

陽が傾いてきたなか、加藤たちは江の島署に戻るために圏央道《けんおうどう》の海老名ICを目指した。

「糟屋と津川のふたりはどういう関係なんでしょうね」

ステアリングを握って前方に視線を置きながら北原は言った。

「まぁ、愛人だったんだろう。だけど、別れた。あるいは津川が糟屋から逃げ出したということじゃないか。男と女の関係なんてもんは強いようにみえても弱いもんだからな……」

声をあらためて加藤は言葉を継いだ。

「とにかく、織田さんたちが睨《にら》んでいるとおり、糟屋には犯罪の臭いがプンプンする。今日一日の捜査で糟屋の不審点が増えるばかりだ。一連の事件で重要な役割を果たしているような疑いを拭《ぬぐ》えない。それに津川もなんらかの関与をしているような気がする。とにかく津川の居所を捜し出さないとならない。署に戻ったら、サイバー特捜隊にわかったことを報告しなきゃな」

「え？　警察庁にじかに報告するんですか」

北原は信じられないという声で訊いた。

ふつうなら所轄の刑事は所属の係長に報告を入れるものだ。

所轄の一介の刑事が県警本部も通り越して警察庁に報告を入れるなどということはあり得ない。警察組織の秩序に反する行為だ。

だが、加藤にとっては警察組織の秩序などどうでもいいことだった。

秩序に従っていては織田のもとに捜査結果が届くのに半日かかってしまうはずだ。

「福島一課長から許可が出ている。織田さんに直接連絡を入れろってね」

淡々と加藤は答えた。

「へぇ。僕たちって凄《すご》い捜査してるんですねぇ」

北原は嬉《うれ》しそうに言った。

「馬鹿野郎っ、捜査に凄いも凄くないもあるか。どんな捜査だって大事なんだよ」

加藤は頭ごなしに怒鳴りつけた。

「わ、わかりました」

北原は身体を硬くした。

「事件の大小もない。国民が被害を受けたら、その犯人を見つけ出して犯行の証拠を集めるのが俺たちの仕事なんだ。そこに上下なんかあるわけないだろ」

声を落として加藤は言った。

「肝に銘じます」

しゅんとした声で北原は答えた。

「江の島署には何時頃着くかな？」

加藤は話題を変えた。

「署に戻るのは六時半くらいになっちゃいますね」

気を取り直したように北原は答えた。

「詳しくは署に帰ってからでいいが、とりあえず織田さんに電話入れとくか」

加藤はスマホを取り出した。

北原の肩越しに相模川の河川敷の緑が流れてゆく。

黄金色の空には形のよい大山《おおやま》のシルエットが紫色にくっきりと浮かび上がっていた。

第四章　決　断

【1】

お昼前に鶴見区の宮光食品本社所在地と神奈川区のツルタプランニング本社所在地に聞き込みに行った山中チームの捜査員からの報告が入った。

夏希たちは織田のブースに集まって山中の報告を聞いた。

両方のマンションは、増山利夫と森川俊二とが住んでいるただの住居に過ぎなかった。

山中チームの捜査員が訪ねると、ふたりはあきらめたように室内を見せた。部屋のなかには商品在庫や帳票類、事務用の什器《じゅうき》などはいっさいなく、わずかな事業実態も確認できなかった。

つまり両社が完全にペーパーカンパニーであることが確実となったわけだ。

さらに、ふたりに実質的な権限はまったくなかった。

捜査員が問い詰めると、増山も森川も謝礼金をもらって本店所在地の住所を貸しただけだとわかった。

リスクを伴う行為だが、ふたりとも失業中で金に困っていた。月額一〇万円という報酬に負けて引き受けたという話だった。

頼んできたのはやはり糟屋武志だった。

増山と森川の間にはとくにつながりは見出《みいだ》せないということだった。

増山と森川はネット上のバイト募集に応募しただけだった。ふたりが求人欄で見たバイト募集の広告は「軽易な事務仕事」との触れ込みだった。

メールで詳しいことを訊きたいと言うと、糟屋からメールが返ってきた。事務仕事よりも効率のよい仕事があると誘われ、名義貸しの話を振られた。

さらに糟屋とは会ったことは一度もなく、メールと郵便のやりとりだけですべては済んだ。書類等のあて先は辻堂東海岸のシーサイド辻堂東海岸だった。

取締役をバイトで募集した糟屋の一連の行為には、違法性はないと横井は言った。

報酬はしっかり振り込まれているので、ふたりは安心していたという。

「まったくどんな神経してんだか、疑いたくなりますよ。いくら金に困ってたからと言ってどんだけ危ない話だか……」

山中はあきれかえっていた。

「でも、糟屋はどうして本名でバイト募集をしたんでしょう」

夏希は素朴な疑問を感じた。

「両社の商業登記簿に代表取締役として名前を登記しているんだから隠さなくてもよいと思ったんだろう。ほかの取締役や監査役もおそらくは増山や森川と同じようにして集めた連中だろう。となると、登記簿に糟屋の名前がなければ不安になる。また、糟屋自身も代表取締役としての業務執行ができるからな」

横井がさらりと説明した。

「どうして糟屋には業務執行権限が必要なんですか」

五島の質問は夏希も訊《き》きたかったことだった。

「法人設立時点では株売買以外の悪事も考えていたのかもしれない。この両法人の名前でほかの悪事を働こうとして取引先と接したときに、糟屋は代表取締役と名乗る必要があると考えたんだろう。ただの従業員では相手方は信用しないが、登記簿を見て代表取締役と確認できれば違ってくる。そんなこともあるんだろうな」

横井はしたり顔で言った。

「両社の設立のうさんくささを考えれば、糟屋はクロと考えてほぼ間違いないですね」

山中は鼻息も荒く言った。

「たしかにそのとおりです。とは言え、まだこの時点では糟屋を三件のＩｏＴデバイス暴走事件の被疑者とできる証拠がなにもありません。まわりを固めていかなければならない。また糟屋の居どころを突き止めたいです」

織田は落ち着いた声で答えた。

「そうですね、監視対象としたいです」

横井がうなずいた。

「今朝、神奈川県警の福島一課長に捜査協力を要請しましたが、福島さんは江の島署刑事課の加藤清文巡査部長を推挙してきました。加藤さんは信用できるベテラン刑事です。まさに僕自身がお願いしたいと思っていたと伝えました。糟屋の居どころについては、加藤さんの捜査報告を待ちたいと思います。彼は期待できます」

織田は口もとに笑みを浮かべた。

この件で加藤が動いていると聞いて夏希は嬉《うれ》しくなった。

午後に入っても何らの動きもなかった。

アルマロスは誰にもメッセージを出さず、また、夏希のメールにも返信してこなかった。

織田はマスメディア対応と記者発表をすませた。奥平参事官の怒りも静められたようだ。

ただし、さっさと解決しないとクビだと脅され続けているらしい。

五島は《イヌボット》のマルウェア除去とサーバー保護を無事に済ませることができた。

さいたま本庁舎の横井の部下たちによるハッカーの洗い出しははかばかしい成果を上げられていなかった。

夏希にとって六月最初の水曜日は待つだけの一日で終わりそうだった。

午後四時過ぎに夏希たち四人のメンバーが織田のブースに集められた。

皆が顔を揃えると、さっそく横井が明るい顔で口を開いた。

「今日の株式市場でメルファースとＡＩＮＳの株価はやはり下がった。だが、昨日のラクソンやヨツワテックほどの下げ幅ではなかった。東京証券新聞のウェブニュースが効いたとしか思えない。ニュースのおかげで投資家の多くが慎重に行動したんだ。

さらに重要なことがある。宮光食品とツルタプランニングは今日の株式市場でメルファースとＡＩＮＳの株式を購入しなかった」

横井の言葉にブース内に低いどよめきが響いた。

「そうだ、両社は大引けまでいっさいの注文を出さなかったんだ。我々に感づかれたと思って、アルマロスはなりを潜めたのではないかと思っている」

横井は口もとに会心の笑みを浮かべた。

「こりゃあ間違いないですな」

山中が弾んだ声を出した。

「そうですね、新たなＩｏＴデバイスの暴走もありません。両社はアルマロス関連と考えるほかはなさそうです」

五島は嬉しそうな声で言った。

「横井さんの作戦勝ちですね」

夏希からも明るい声が出た。

「引き続き横井さんと山中さんで両社を洗い続けてください」

織田もにこやかに指示を出した。

少しでも捜査に進展があると、皆の表情がイキイキとしてくる。

捜査のこういう瞬間はやはりいいものだ。

定刻の午後五時一五分をまわって、織田から帰宅するように促す内線が入った。これから忙しくなる可能性があるので、六月の超過勤務を少しでも減らしたいという話だった。

管理職としてはそんなことにも気を遣わなければならないのかと、夏希はいささか気の毒になった。

ちなみに庁舎退出時にはＩＤカードをタッチする。その際には退勤時刻が出退勤管理システムに自動的に入力される。汐留庁舎では勤務時間を短く装うことは困難だった。

新橋《しんばし》駅に向かうビルの谷間には夕風が吹いていた。

汐留通りの日本テレビタワーの真下あたりを歩いているときである。

ジャケットのポケットでスマホが振動した。

急な呼び出しがあるかもしれないので、いつも着信がわかるようにしている。

ディスプレイを見ると発信元は公衆電話だ。

いまどき珍しい。あるいはなんらかの都合で捜査に出ている加藤からの電話かもしれない。

夏希は電話をとった。

「かもめ★百合さんですね」

聞いたことのない若い女性の声が耳もとで響いた。

この番号を知っているものは警察の外にはいないはずだ。

「あなたは？」

まわりの騒音から逃れるため、夏希はあわてて横の路地へ移動した。

「子どもを助けてください」

震え声で女性は訴えた。

夏希の背中に汗がにじみ出た。

懸命にスマホの録音ボタンをタップした。

「あなたはどなたですか？」

もつれる舌で夏希は訊いた。

「子ども……子どもを人質にとられて脅されてます」

わななく声が悲痛に響いた。

夏希の心拍数は急上昇した。

「もしもし。あなたはどなたですか？」

「ツガワです。昨日も《イヌボット》をハッキングさせられて……お願い、助けて」

名前が聞けた。もっと詳しいことを聞かなければならない。

「ツガワさんね。お子さんはどこにいるんですか？」

声を励まして夏希は訊いた。

「わからない、藤沢だと思う」

震える声が必死の口調で頼み込んでいる。

「藤沢ね。藤沢のどこですか？」

「お願い、早く助けて。でないと……わたしハンドラの……あっ」

突然電話は切れた。

「もしもし、もしもし」

呼びかけたが、反応はなかった。

ツガワと名乗る女性は誰かを恐れて電話を切ったように感じられた。

なにかとんでもない事態が進行している。

子どもの生命に危難が降りかかっているらしい。

とるものもとりあえず夏希は織田に電話を入れた。

「非常事態です。犯人らしき人物から緊急コールが入りました」

「真田さん、どこにいますか」

織田の声はこわばっている。

「日テレの前です」

「すぐに戻ってください。事情はこちらで聞きます」

「了解です」

電話を切ると、夏希は汐留庁舎へと踵《きびす》を返した。

庁舎が入っているインテリジェントビルの灯《あか》りがなかなか近づいてこない。

何重にもわたるセキュリティチェックがもどかしかった。

庁舎に入ると、はやる心臓を抑えながら夏希は織田のブースに駆け込んだ。

すでに横井、山中、五島の三人がソファに座っていた。

織田は夏希に座るようにソファに手を差し伸べた。

「すみません、非常事態なんでスマホ持ち込みました。電源は切ってあります」

夏希が断りを入れると、織田はしっかりとうなずいてから口を開いた。

「緊急コールですか」

「一七時三二分に公衆電話からわたしのスマホに着信したんです。これを聞いてください」

夏希は五島の隣に座ると、スマホの電源を入れ録音した通話内容を再生した。

誰もが真剣な表情で音声に聞き入っている。

聞き終わるとブースに言いようのない張り詰めた緊張感が夏希に伝わってきた。

「録音ボタンをタップする前に次の会話がありました。ツガワさんの第一声は『かもめ★百合さんですね』とわたしの電話であることを知っていました。わたしが『あなたは？』と聞くと必死の声で『子どもを助けてください』と答えました」

夏希は捕足した。

「これは……緊急に対処しなければなりませんね」

こわばった声で織田は言った。

「まず、真田さんの携帯番号を知っている事実ですが……どう考えてもクラッカーですね。前回の事件の後、契約を変えて真田さんの番号は新しくしてあります。警察庁サーバーの警察庁人事データにクラッキングして番号を調べたとしか思えません。この点から、ツガワと名乗る女性は一流のクラッカーであることが考えられます」

五島はいささか興奮した口調で言った。

「では、五島くんはツガワがアルマロスと考えているわけですか」

声の調子を抑えて織田は尋ねた。

「いいえ、本人が訴えているとおり、子どもを人質に取られて今回の三事件のクラッキングを実行したのではないでしょうか」

我が意を得たりとばかりに五島は答えた。

「すると、我々やメディアにメッセージを送ったり、真田さんとメールのやりとりをしていた人物はクラッカーではないと言うんだね」

山中は目を見開いた。

「ええ、影の黒幕ですね。そいつがアルマロスでしょう」

「そうかぁ、その点では前回のスミス事件と似ているなぁ」

「まぁ、クラッカーにはコミュ障タイプも少なくないでしょうから、今後もこうした役割分担型のサイバー犯罪は増えるんじゃないんでしょうか」

したり顔で五島は言った。

「いずれにしてもアルマロスは、悪知恵に長《た》けたろくでなしだな。子どもを人質にとるなんて、絶対に許すことはできない」

横井は激しい口調でアルマロスを非難した。

夏希の胸にも怒りがこみ上げてきた。

「そうです。とにかく一刻も早く子どもを保護しなければなりません。まずは公衆電話の位置を特定しましょう。山中さん、お願いできますね」

織田の指示に山中はつよくあごを引いた。

「了解です。先生の電話はドコモだったね。番号を教えてください」

夏希が端末を渡すと、山中は立ち上がって壁の電話機に向かった。

「あのね、公衆電話の管理番号を照会してもらいたいんだ。一七時三二分に次の携帯に掛けた公衆電話だ。大至急だ。緊急事態なんだ」

山中は厳しい声音で命じた。

「どこにある公衆電話か判明したら、直ちに所轄署に周辺部の捜索を依頼します」

織田はきっぱりと言い切った。

「もうひとつ……ハンドラとはなんだろう」

横井だけでなく、夏希も気になっていた。

ツガワは「お願い、早く助けて。でないと……わたしハンドラの……」と言ってから誰かを恐れて電話を切ったのだ。重要な内容には違いない。

「ハンドラはコンピュータプログラムで、処理要求が発生したときに起動されるものを指しますね。関数、サブルーチン、メソッドの形態でプログラムに実装されます。あるコマンドからそのハンドラが対応すべき処理要求が出てきたときにはハンドラが起動して要求を処理します。その要求の性質によって例外ハンドラ、イベントハンドラ、割り込みハンドラなどと呼ばれます」

五島が即答した。

「なるほどコンピュータ用語か……しかし意味がわからんな」

横井は首をひねった。

夏希にもさっぱり意味がわからなかった。

「もうひとつ物理的な意味もあります。運搬、移動、設置などを行う機器や装置を指す言葉です。もともとはなにかを扱う人、調教師、訓練士と言うような意味の英語です」

どの答えにしてもツガワがなにを言いたかったのかはわからなかった。

「今回のマルウェアのなかでハンドラに当たる記述をもう一回見直してみます」

気難しい顔で五島は言った。

【2】

織田の机上で内線呼び出し音が鳴った。

「電話を警察庁回線を通じてこちらのオーディオシステムにつないでください」

織田の指示で電話がつながった。織田の机上のマイクで相手方と通話でき、スピーカーから相手方の音声も聞こえる。

「織田さんですか」

加藤の声がスピーカーから響いた。

かすかな雑音から察すると、クルマで移動中のようだ。

「はい、加藤さんですね」

明るい声で織田は答えた。

「ああ、よかった。携帯つながらないんですね」

「すみません、庁舎内ではスマホ使えないんです」

「そうだったんですね。福島一課長からご下命のあった件、途中経過を報告します」

加藤は声をあらためた。

「お願いします」

織田の声に期待がにじんだ。

「商業登記簿に記載のあった藤沢市辻堂東海岸のマンションに糟屋武志はいません。

賃貸契約はそのままで、住民票も異動していません。ですが、先月の二四日、家具などは運び出しています。おそらくどこかに引っ越したようです。で、このマンションには今年一月までひとりの女性とその息子が同居していました。と言うか、同居していたかははっきりしないんですが、とにかく母子が住んでいました。この母子の氏名はわかっています」

加藤は声に力を込めている。

「メモを取ります」

織田はさっと机上のメモとペンを取った。

「母親は津川香澄で三〇代前半……」

「えっ、いまツガワと言いましたか」

織田は加藤の言葉をさえぎった。

夏希も耳を疑った。

「どうかしましたか」

不審そうな声で加藤は訊《き》いた。

「はい……ですが、まず名前を教えてください」

おだやかな声に戻って織田は先を促した。

「わかりました。三重県津《つ》市の津に、三本川の川、香水の香に、澄みきった空の澄むの字です。子どもは津川健太郎、健康の健に桃太郎の太郎です」

加藤の言葉を聞きながら織田はさらさらとメモを取った。

「実はついさっきツガワを名乗る女性から子どもが人質に取られているという電話が真田さんの携帯に入ったんです」

冷静な口調で織田は言った。

「なんですって！」

今度は加藤が驚く番だった。

「しかもいくつかの理由から、ツガワはここ三件のＩｏＴデバイス暴走事件の実行犯と推測されます。子どもを人質にとられてやむなくクラッキングをしていたと言っていたそうです」

「そうかぁ、そういうことかぁ」

しきりと加藤はうなっている。

「なにかわかっていることがあるのですか」

「それがね、津川母子は現在、海老名市に住んでいます。そのアパートも訪ねたんですが、留守でした。隣人が健太郎は一週間くらい、香澄は三、四日姿を見ていないというんですよ」

意気込んで加藤は話した。

「なるほど、だとすれば、本人の言うとおり子どもを人質に取られているのは事実である可能性が高いですね」

織田は大きくうなずいた。

「隣人たちの話からすると、本当の話でしょうね」

加藤の言葉通り、津川香澄の声の真剣さに嘘はないと夏希は確信していた。

「いま真田さんの電話に掛けた公衆電話を特定してもらっています。位置がわかったら管轄する所轄署などに協力依頼をする予定です。それからもう一点、健太郎くんが囚《とら》われている場所を母親は『藤沢だと思う』と言っています」

織田の言葉に加藤は叫んだ。

「なんですって！」

「それ以上の情報はありません。ですが、健太郎くんは公衆電話近くの母親の香澄とは別の場所に囚われていると思われます」

「了解です。こちらももう一点お伝えしたいことがあります。糟屋武志が辻堂から引っ越した場所を引っ越し業者が知っている可能性があります。今日は定休日なので行っていませんが、明日《あした》は八時半から営業しています。中野区に本社のある斉藤トランスポートという業者です。川崎の鹿島田に神奈川支店があります」

「わかりました。斉藤トランスポートですね。それから津川香澄の現住所を教えてください」

「はい、海老名市国分南一丁目……」

加藤が読み上げた住所を織田はメモした。

「すぐに斉藤トランスポートの本社、支店を管轄する所轄と、津川香澄の住居を管轄する所轄への応援要請をします」

「じゃあ明日は鹿島田に行かなくていいですね」

引っ越し業者への捜査で加藤は川崎まで行く予定だったのだ。

「ええ、そちらは幸署に任せましょう。ところで加藤さん、今日の捜査のなかでハンドラという言葉は出てきませんでしたか」

「なんです？　そのハンドラってのは？」

けげんそうな声で加藤は訊き返した。

「いえ、こちらでも意味がわかりかねています。コンピュータプログラム関係の用語らしいんですが」

「津川とコンピュータの関わりを示すような話は出てきていませんね。仕事でコンピューターは使っていたようですが」

渋い声で加藤は答えた。

「なにかわかったらすぐに連絡してください」

「了解です。自分はいま江の島署に帰るところですが、今後、どうすればよいでしょうか。俺は織田さんの指示で動きますよ」

「ありがたいです。では、江の島署で待機をお願いしていいですか」

織田は丁重な口調で頼んだ。

「もちろんです」

「なにかわかりましたら、すぐに電話します」

「了解です」

加藤との通話は終了した。

「横井さん、また疎明資料を作成してください」

通話を終えるとすぐに織田は横井に指示した。

「ガサ入れですね」

打てば響くように横井は答えた。

「はい、シーサイド辻堂東海岸と津川香澄の住居を家宅捜索しましょう。横浜地裁に捜索差押許可状を発付してもらってください。津川健太郎くんの生命・身体に危機が迫っていることを強調して令状は特記付きで発付してもらってください」

織田は落ち着いた声音で指示した。

刑事訴訟法第一一六条によって捜索差押は原則として夜明けから日没前に行うものとされている。むろん人権保護の観点からの制限である。

ただし、必要性のあるときは「令状に夜間でも執行することができる旨の記載」が為《な》され、夜間の捜索差押が許される。この記載の入った令状を俗に「特記付き」と呼ぶ。

「隊長、今回はわたしが起案しますよ。それからガサ入れも、うちの者で大丈夫です。これから二手に分かれて辻堂と海老名に向かわせます。横浜地裁にはわたしが行きましょう。横浜から誰かに辻堂と海老名に全速力で令状を届けさせます」

山中は熱心な調子で言った。

「そうだな……今回は山中さんにお願いしましょうか」

たしかにITや経済の知識が直接に関与しない令状請求は山中の得意とするところだろう。

「了解です。じゃ、ちょっと失礼」

山中はかるく一礼するとブースを出ていった。

「まだ、糟屋や津川の逮捕状は請求できないでしょうかね」

横井が難しい顔で訊《き》いた。

「そうですね。まだ、ひとつも物証がないです。津川香澄と思われる女性からのさっきの電話も裏が取れない。逮捕状については、家宅捜索の結果によって決めましょう」

慎重に織田は答えた。

前回の事件での失敗を教訓としているらしい。

いまになって夏希はあることに気づいた。

「あの……言いそびれたんですけど」

「なんですか、真田さん」

織田はやわらかい声で訊いた。

「海老名の津川宅の家宅捜索の際に、津川健太郎くんや香澄さんの匂いのついたものをいくつか押収してほしいんです。健太郎くんを捜し出すためにアリシアの力が必要なこともあるかもしれません」

熱意を込めて夏希は頼んだ。

「ああ、これはうかつだった。その通りです。山中さんに伝えます。それからいざというときのアリシアのスタンバイを神奈川県警本部の鑑識課長に依頼します」

にこっと笑って織田は答えると、机上の電話で連絡を取り始めた。

「津川香澄の名前をハッカーから探してみましょう。さいたま本庁舎に連絡してみます」

横井は壁際の電話を取って電話を掛けた。

「きっとヒットすると思いますよ」

自信ありげに横井はほほえんだ。

五分も経たないうちに内線呼び出しがあった。

「そうか、そのデータを転送してください」

横井は受話器を置くと明るい声で言った。

「出ました。二〇一四年のHACKON《ハックコン》の優勝チームに彼女の名前がありました」

「HACKONって？」

当然ながら夏希は知らない。

「国内で二番目のハッカー大会ですよ。二〇一四年はどこが優勝したんですっけ」

五島は横井に尋ねた。

「東京工業《こうぎょう》大学大学院の学生サークルチームTRAP,NS《トラップンズ》だ。彼女は当時二三歳だった」

横井がPCを操作すると、五人の若者の集合写真がディスプレイに映し出され、中央に立っているただひとりの女性がズームされた。

「え……きれい」

面長でちょっと神経質そうな目鼻立ちの整った女性である。

濃いめのブラウンのミドルヘアで、淡いブルーのカットソーにダメージデニム。おとなしめのファッションだし薄めのメイクだが、屈託のない明るい笑顔がまぶしい。

こんな女性が八年後に意に沿わぬクラッキングをさせられていると思うと、夏希のこころは痛んだ。

「この写真は参考になりますね。横井さん、山中チームの捜査員と僕たちに送付してください」

「メールに添付して送信しました。隊長はじめ真田さん以外の皆さんのスマホは保管ロッカーのなかだと思いますんで、庁舎から出たらメールアプリの更新操作をしてみてください」

横井は夏希たちを見まわして言った。

「さて、僕はアルマロスが仕込んだマルウェアのなかのハンドルを細かくチェックしてみたいと思います。津川さんがなにを伝えたかったのか、なんとか探り出してみます」

　五島は立ち上がってかるく一礼するとブースを出ていった。

　しばらくすると、山中が駆け込んできた。

「公衆電話の位置が判明しました。藤沢市亀井野《かめいの》という場所です」

　弾んだ声で山中は屈《かが》んでPCを操作した。

　夏希はディスプレイを覗《のぞ》き込んだ。

　マップ上のポイントは藤沢駅から北北西に三、四キロ離れた地点だった。

「しかし、嫌な場所ですね……」

　横井が声を曇らせて言葉を継いだ。

「隣はだだっ広い住宅建設用地だし、周囲に防犯カメラもなさそうですね」

「今回は防犯カメラの解析をしている時間はないでしょう……すぐに加藤さんたちに出向いてもらいましょう」

　織田はPCを操作した。

「加藤です。織田さんですね」

　すぐに加藤の声がスピーカーから聞こえた。

「そうです。津川香澄が真田さんに電話を掛けた公衆電話の場所がわかりました。藤沢市亀井野です」

「おっと近くだね」

加藤の声が弾んだ。

「あとでマップを送ります。申し訳ないですが、公衆電話付近の捜索をお願いできますか。おたくの刑事課長と管轄の藤沢北《きた》署には僕のほうから連絡を入れます」

「江《え》の島署《ち》は気にしないでください。朝、福島一課長からお電話頂いたときから、俺は織田さん直属ですので」

加藤はちいさく笑った。

「ありがとうございます。それで、アリシアにスタンバイしてもらうことになっています。小川さんと連絡を取り合ってください。それから津川母子の匂いのついたものを押収する予定です。海老名に行っているうちの捜査員からそちらに届けさせます」

「そいつは心強いな。適当なポイントを選んで小川とは待ち合わせますよ」

頼もしい声で加藤は言った。

「津川健太郎くんが監禁されていると思われる場所を発見したら、すぐに僕に連絡ください。犯人を発見しても決して触らないで監視に留《とど》めてくださいね」

織田の言っている「触る」とは被疑者などに接触することである。

「了解です。ご指示があるまで触りません」

「それから、二〇一四年のものですが、津川香澄の写真も送ります」

「写真があると助かりますね」

「では、万事よろしくお願いします」

織田は電話を切った。

「では、わたしは疎明資料作りに戻ります」

山中は立ち去った。

織田は藤沢北署に電話を入れている。

それぞれが仕事を進めている。夏希は手持ち無沙汰《ぶさた》の状態におかれてしまった。

いままでの事件でもこうした時間は珍しくなかった。

しかし、広い講堂に設置される捜査本部とは違って、織田や横井と三人でこのブースに詰めているのは意外と気疲れする。

「わたしはハンドラと名のつく機械について調べてみる。どんな機械か、クラッキングされるとどういう危険性があるのかすらわからないんだ」

横井は気まずそうに言ったが、夏希もまったくわからなかった。

「現時点でわたしにできることはありませんか」

「アルマロスと津川香澄からの接触を待ちましょう」

織田はさらりと答えた。

「亀井野の公衆電話付近で健太郎くんが監禁されている家が見つかればいいのですが」

夏希は祈るような気持ちで言った。

津川香澄の必死の声が耳から離れなかった。

「食事を取りましょう。いまいる全員分の弁当をケータリングしてもらいます」

細かいことにも気の回る織田は内線電話で隊員の誰かに弁当を注文するように指示した。

食事をしてからかなり経っても事態は動かなかった。

ただし、捜査自体は進行している。

山中からは、無事に捜索差押許可状が発付されたので辻堂東海岸と海老名に届ける旨の連絡が入った。

加藤からは、小川やアリシアと合流したという連絡が入って来た。

「もしよろしければ、真田さんは帰宅してもいいんですよ」

一〇時近くなって織田は気遣いを見せた。

「いえ、健太郎くんの無事がわかるまではここにいます」

夏希はきっぱりと断った。

津川香澄は自分を頼って電話してきたのだ。夏希は健太郎が安全に保護されるのを見届けたいという思いが強かった。

午前〇時頃に海老名から津川母子の衣服などが届いたという連絡が加藤から入った。

日付は変わったが、隊員たちはいまも動き続けているのだ。

一時半頃にふたたび加藤からの電話が入った。

「アリシアが津川香澄の匂いのついたパジャマに反応しているんですが……」

加藤は落ち着いた声で言った。

いっぺんに眠気が吹っ飛んだ。

夏希は耳が痛くなるほど加藤の声に集中した。

「本当ですか！」

織田の声にも期待がにじんだ。

「アリシア……」

夏希はアリシアの活躍する姿を思い浮かべて、じーんときた。

「はい、公衆電話から三〇〇メートルほど離れた一軒家です。住所は藤沢市西俣野《にしまたの》です」

「どんな状況ですか」

「それが……まったく人気《ひとけ》がないんですよ。照明が消えてるだけじゃなくて何の物音もしないんです」

加藤の声は冴《さ》えなかった。

「寝静まっているんじゃないんですか」

織田の疑問は当然だ。

「それとはちょっと違う感じなんです。突入してもいいですか」

すぐれた直感力が加藤には備わっている。

「うーん、どんな建物ですか」

織田は躊躇《ちゅうちょ》しているようだ。

令状はないし、緊急事態も起きていないとしたら、
それ以前に無関係の家だとしたら、不法侵入することになりかねない。

「相当に古い建物です。築七〇年くらい経っているかな。雨戸はがっちり閉まっています。ここに山中さんの部下の人が来てくれてて、解錠の技術を持ってるそうですね。玄関を開けてもらっていいですかね」

言葉に力を込めて加藤は言った。

「そうしましょう。万が一のときには僕が責任を取ります」

織田はこころが決まったようだ。

「了解です」

加藤は電話を切った。

夏希も緊張して次の連絡を待った。

一〇分もしないうちに着信があった。

「ダメです。誰もいません」

力のない加藤の声が聞こえた。

「健太郎くん見つかりませんか」

思わず夏希は声を出した。

「ああ、真田さんか。子どもはもちろん、猫の子一匹いないんだ。アリシアははっきり反応しているんだが……」

加藤の答えに夏希はがっくりと肩を落とした。

「そうでしたか」

織田の声も沈んでいる。

「しかし、やっぱりアジトですね……居住していた痕跡《こんせき》はなくて、それでも最近、人が寝泊まりしていた形跡はあります。空き家じゃなくて不自然なんですよ。電気や水道は活《い》きてて、ゴミに近い物ですがいくつか遺留品もあります」

加藤の声はいくらか元気なものに戻った。

「収穫はありそうですね」

織田は気を取り直したように言った。

「鑑識さん呼んだほうがいいですかね」

「そうですね、第一目的は達成できませんでしたが、犯人確保に一歩進んだと思います」

自分を慰めるような織田の声だった。

「じゃあ、とりあえずうちの鑑識に来てもらいます」

「はい、ぜひ」

「アリシアと小川はいったん帰します」

「そうしてください。アリシアを休ませないとならないでしょう」

「自分は鑑識が来るまでここにいます」

「よろしくお願いします」

電話は切れた。

夏希はすっかり気が抜けてしまった。

午前三時をまわった。

夏希はいったん庁舎から離れて、ビルのエントランスを出たところで加藤に電話を入れた。

驚いたことに加藤はまだ西俣野にいた。

覆面パトのなかで朝を待っていたのだ。

「お疲れのところごめんなさい」

「お互いさまだよ。真田さんも疲れたろう」

「ありがとうございます。今日の捜査で加藤さんが聞いてきた津川香澄さんの話を聞きたいんですけど」

「ああ、いいお母ちゃんだね。健太郎って坊主をすごくかわいがってる。本当なら犯罪なんて縁のない女だろう。脅迫されてクラッキングしたってのは事実だよ」

「いいお母さんなんですか。もしエピソードがあったら教えてください」

「うん、たとえばね……」

加藤は津川香澄の母親像について話し続けた。

夏希は母子のきずなに感動しながら聞いていた。

電話を終えると、夏希はふたたび庁舎へ昇るエレベーターに乗った。

捜査本部でも動きがないとそうなるが、このブースでも同じように弛緩《しかん》した時間となってきている。

さすがに夏希も疲れが出てきた。

そんな気持ちを見透かしたかのように織田が言った。

「ここはひとりいれば大丈夫です。交代で仮眠しましょう。横井さん、真田さんどうぞ」

「悪いけど、そうさせてもらいます」

横井が頭を下げて立ち上がった。

夏希も仮眠することになった。

夏希は置いてあった小さな目覚まし時計を取り出し、二時間後にアラームをセットした。

シャワーを浴びて部屋着に着替え、休憩室の隣の小部屋で横になるとすぐに眠りに落ちた。

午前五時。外は薄《うつす》ら明るくなってきている。

「先に休ませてもらってすみません。織田さんお休みになってください」

「ああ、ありがとう。じゃあ失礼します」

織田は生あくびをしながらブースを離れた。

横井はすでに起きていてＰＣに向かっていた。

「真田さん、おはよう」

「おはようございます」

寝ぼけまなこで夏希は自分の前のＰＣに向かった。

何の気なしにブラウザを起《た》ち上げた。

引っかかっているハンドラという言葉の検索を始めた。

やはりコンピュータ用語ばかりだ。

英語でも検索を掛けてみた。ハンドラのスペルはＨＡＮＤＬＥＲだ。コンピュータ用語やある種の機械以外には見つからない。

何ページか検索していたら、“Europe's small constitutional monarchy”という記述が目にとまった。

「ヨーロッパの小さな立憲君主制国家って？」

不思議に思っていろいろ検索を掛け直してわかった。

最初にヒットした個人サイトはスペルミスをしていたのだ。その国の名はHANDLERではなく、HANDLLAだ。

HANDLLAで検索を掛けると、日本語ではハンドーラと読むのが正しいらしい。たくさんのサイトがヒットした。ヨーロッパ西部のピレネー山脈中に位置する立憲君主制国家で、首都はシウダー・ロス・アベトス。面積は約五〇〇平方キロメートルで人口は八万人弱のミニ国家だ。主要産業は観光業。君主はオルディアレス公という人物らしい。

「こんな国ぜんぜん知らなかったな……」

夏希は小さくつぶやいた。

しばらくたんねんに検索を掛けると、目を引く記事が現れた。

——ハンドーラ公国の君主オルディアレス公の令息であるエンリケ公子が六月二日、本市伊王野《いおうの》市長を表敬訪問する予定となっている。ヨーロッパ西部の同国の首都シウダー・ロス・アベトス市は本市と姉妹都市の友好関係を結んでいる。午前九時半に市長を表敬訪問の後、午前一〇時から市民会館で歓迎レセプションが行われる予定。

北海道の南恵庭《みなみえにわ》市の広報記事だった。小国の公子の訪問なので大きくは報道されていないらしい。

「これって……今日のことだよね？」

——お願い、早く助けて。でないと……わたしハンドラの……

夏希は脳に電気が走ったような感覚を覚えた。

津川香澄は来日中のハンドーラ公国の公子に危害を加えるクラッキングを行うつもりなのではないだろうか。

いや、そうした罪を健太郎のために犯そうとしているのではないだろうか。

「横井さん、ちょっと気づいたことがあるんですけど」

思わず声が高くなった。

「なんですか？」

驚いたように横井はPCから顔を上げた。

「実は、津川香澄が口にした言葉ハンドラは……」

夏希はハンドラではなくハンドーラではないかというところから始めて、自分の考えを詳しく説明した。

「津川香澄はエンリケ公子に危害を加えるようなクラッキングを計画しているのではないでしょうか」

「あり得るね！　隊長を起こしてくるよ」

横井は早足でブースを出て行った。

眠そうな素振りは少しも見せず織田が現れた。

「いま横井さんから聞きました。真田さんの推理は当たっているかもしれませんね。エンリケ公子は今日の午前九時半には南恵庭市に行く予定なんですね。現在どこに滞在しているのでしょうか。札幌《さっぽろ》なのか東京なのか……東京であれば朝一番の飛行機で羽田《はねだ》を発《た》つでしょう。まずは羽田空港に確認してみましょう。空港は五時から電話受付していますから」

織田は受話器を取った。

こちらから照会すると、羽田空港の担当者から折り返しの電話が入った。

「そうですか、ありがとうございます」

電話を切ると、織田はいささか興奮気味の声で言った。

「エンリケ公子は今朝の午前六時三〇分羽田空港発、八時ちょうどに新千歳《しんちとせ》空港に到着するEAS437便に搭乗予定だそうです」

「まだ間に合いますね」

横井が叫んだ。現在五時三五分だった。

「僕は真田さんの直感に賭《か》けます。なにかあれば国際問題に発展します。どうしてもエンリケ公子を警護しなければならない」

つよい口調で織田は言い切った。

「羽田空港の旅客ターミナルまでは一八キロぐらいですね。パトカー飛ばしてけば約二〇分で到着します。出発三〇分前の六時にはなんとか出発ゲートに行けますね。ちょっと遅れても保安検査場の通過締切時間が出発時刻の二〇分前つまり六時一〇分です。警察手帳見せればなんとかなりますよ」

明るい声で横井は言った。

「とりあえずチケット取ります」

机上のPCのマウスを手に取って織田は言葉を継いだ。

「ああ、よかった。エコノミーにはいくつも空きがあります」

「織田さん、新千歳にいくんですね」

「ええ、いざとなったら公子に警告し、北海道警察に警護要請するためには僕が行ったほうがいいと思います」

つよい口調で織田は言った。

「わたしも行きます」

きっぱりと夏希は言った。

「真田さんがですか」

織田は目を見開いた。

「はい、わたしなんとなくですが、津川香澄さんが同じ飛行機に乗っていくんじゃないかって気がしてるんです。エンリケ公子の行動をネットで遠隔監視しているよりも、そばにいて何らかの機器をクラッキングするような不安を感じるんです。たとえばどこかに閉じ込めて、解放してほしければ身代金をよこせとかいう脅迫をしかねない。アルマロスはそんな人物です」

夏希は自分の仮説を力づよく述べた。

「あり得ますね。いまのところアルマロスは、機械はともかく人間を遠隔監視しているというような実績はありませんから」

織田は大きくうなずいた。

「だとしたら、津川さんに会えます。彼女の次の犯行を止められます」

力を込めて夏希は言った。

「どうしても行くんですか。場合によっては危険なこともあるかもしれない」

「彼女はわたしを頼って電話をくれたんです。お願いです。わたしにも行かせてください」

言葉を極めて夏希は頼んだ。

「わかりました。一緒に空の旅に出かけましょう」

織田は口もとに笑みを浮かべてマウスをクリックした。

【3】

早朝の湾岸線《わんがん》を覆面パトカーで飛ばして羽田空港へと急いだ。

ところが、途中で事故渋滞があった。覆面パトカーが第二ターミナルに到着したのは六時七分になってしまった。

夏希たちはギリギリの時間に保安検査場を通過できた。

「おはようございます」

グレーの制服姿のCAのあいさつにも夏希はまともに返事ができなかった。

ターミナルのエントランスから走り続けて心臓が爆発しそうだった。

機内は意外と混んでいて、二〇〇名近い座席のほとんどが埋まっていた。

機体中央部の搭乗口から乗った。

二列あるプレミアムシートの最初の列には黒いスーツ姿のいかつい男たちが四人ずらっと座っている。

そのうちのひとりが織田を見て、驚きの表情を浮かべた。

警視庁警備部の警察官なのだろうか。

織田はわざとのように無視している。

二列目の右側の後ろの窓側席にネイビーのブレザーを着た金髪の美青年が座っていた。

上品な顔立ちは東京ディズニーランドのプリンスのようだ。この白人男性こそエンリケ公子に違いない。

隣には知的な雰囲気のモデル並みに美しい二〇代後半くらいの金髪女性が座っている。

秘書官なのだろうか。オーキッドのシンプルなスーツ姿だ。

二列目左側の後ろの通路側席には五〇歳くらいのグレーのスーツを着た日本人の男

性がいた。窓側にはライトグレーのパンツスーツを着た、夏希と同じくらいの歳のメガネを掛けた地味な雰囲気の女性が座っている。少なくともひとりは外務省の職員に違いない。

通路をさらに奥へ進む際に夏希は左右の乗客をチェックした。

（あ……もしかして）

夏希の胸は大きく拍動した。

後方左翼中ほどの窓側の席に座っている女性は、写真の津川香澄に面差しが似ている気がした。

ライトグレーのスーツを着た三〇前後の女性である。小ぶりなメタルフレームのサングラスを掛けていた。

とは言え、夏希は八年前の姿しか見ていないので確証はない。

この女性は写真よりずっと落ち着いているし、悪く言えば老けていた。

夏希たちの席は右翼側の機体最後尾に近いJ36とK36である。左側のH36は空席だった。最後列も空席のようだ。

織田はすぐ立てるように内側のJ36を選んだので夏希は窓側のK36に座った。

席に着くとすぐにシートベルトを締めるようにとのアナウンスが入った。

夏希たちのすぐ後方にはCAたちが飲み物などを用意するギャレーがあり、その左側には二室のトイレが設けられていた。そのうち右側は多目的トイレだ。

ほどなくEAS437便は新千歳に向けて青い空へと飛び立った。

夏希の席の窓からも、どんどん遠ざかる羽田空港、東京ディズニーランド、ディズニーシーやコンビナートがよく見えている。

機体が水平になり、ベルトサインが消えた。

「おはようございます。本日はイースト・アジア・エアラインズをご利用頂きありがとうございます。この飛行機は新千歳空港行きEAS437便でございます。定刻通りの出発となっております。離陸後、新千歳までは約一時間二〇分を予定しております。到着地のただいまの気候は晴れ。気温は一七度でございます……」

おだやかな機長のアナウンスが流れた。

前の席の背もたれに埋め込まれたモニターテレビには空の旅の動画が映った。

六〇歳前後のスーツ姿の男性が通路を歩いてきた。

男性がトイレを済ませて席に戻ってからしばらくして、夏希がチェックしていた女性が通路を歩いてきた。肩からキャメル色のレザーショルダーを提げている。

夏希は振り返って女性がトイレに入るのを見た。

それから二分くらい経ったときだろうか。

急に機体が激しく前傾した。

飛行機はまるでジェットコースターに乗ったような急降下をし始めた。

「きゃーっ」

「うわっ」

「なんだっ」

「怖いっ」

機内は乗客の声で騒然となった。

「お客さま、落ち着いて！　席を立たないでください。ベルトを締めてください」

ギャレー近くにいた四〇歳くらいのＣＡが受話器をとって呼びかけている。

夏希は必死で身構えた。

機体は水平に戻った。

たぶんほんの数秒なのだろうが、夏希には長い長い時間に感じられた。

ギャレーのインターフォンの呼び出し音が鳴った。

いまアナウンスを入れていたベテランらしいＣＡが受話器をとった。

「はい、渡辺《わたなべ》です……えっ……わかりました」

CAの顔色がさーっと青くなった。

ほかの乗客は前方を見ているので気づいていないらしい。

織田がベルトを外して立ち上がった。

織田は渡辺というCAに、ほかの乗客に気づかれないように警察手帳を見せて耳もとで何かをささやいた。

CAはうなずいて先に立って通路を前方に歩き始めた。

「真田さん、一緒に来てください」

織田の声に従って夏希は織田のあとに続いた。

水平状態が保たれているので乗客たちは落ち着きを取り戻していた。

機長からのアナウンスも入らないし、誰もが一瞬エアポケットに入っただけだと思っているようだ。

プレミアムシートの八人にもとくに動揺は見られなかった。

ただ、織田と夏希がCAとともに現れたのに驚いていた。

黒服の一人が席を立ち織田に歩み寄った。

搭乗時に織田に気づいていた男だ。

「織田理事官、なにがあったのですか」

男は眉間《みけん》にしわを刻んで訊《き》いてきた。

「中川《なかがわ》くん、僕はもう警備局の人間じゃないよ。ちょっと気になることがあるんで機長に確認したいだけだ。気にしないでください」

織田はわざとのようにのんきな口調で答えた。

「ああ、いまは警察庁のサイバー特捜隊長でいらっしゃいましたね。わかりました。自分は本日の警備責任者です。なにかありましたらお知らせください」

男は丁重に身体を折ってから英語で後席の女性になにやら話している。

織田はそれは無視して搭乗口前の壁の向こうに足を進めた。

夏希も続いて裏側にまわった。

壁の反対側にはコックピットへの入口ドアが設けられていた。

その左側にインターフォンが設置されていた。

CAの渡辺は受話器を取った。

「機長、渡辺です。警察庁サイバー特捜隊長の織田警視正さんがお話ししたいそうです」

声を潜めて言うと、渡辺は織田に受話器を渡した。

「織田と申します。サイバー犯罪発生のおそれがあるため搭乗しております。現在の状況をお知らせください」

　通話をほかの乗客に聞かれないように、織田も声のトーンを落としている。

　インターフォンからは落ち着いた声が漏れてくる。

「わかりました。わたしたちで対応します」

　しばらく通話した後、織田は渡辺に受話器を返した。

　織田は夏希に近づいて耳もとで話し始めた。

「真田さん、緊急事態です。現在、本機はクラッキングの被害に遭っています」

　静かな声で織田は恐ろしいことを告げた。

「じゃあさっきの急降下も」

　夏希は息を呑《の》んだ。

「本機は機内Ｗｉ‐Ｆｉからクラッキングされたようです」

　感情を抑えた織田の言葉を聞いて夏希は足の震えが抑えられなくなった。

「そんなこと……可能なんですか」

　かすれ声で夏希は訊いた。

「二〇一五年にアメリカ合衆国議会の機関であるＧＡＯが、航空機の機内Ｗｉ‐Ｆｉを経由するクラッキングの可能性を指摘しています。その報告は悪意あるクラッカーが機内の無線エンターテイメント・システムやインターネットベースの操縦室通信機器から、アヴィオニクスと呼ばれる航空機の操縦運航管理システムに侵入する危険性があることを明らかにしています。GAOに指摘されていた危険が現在、この機で発生しています」

冷静な口調で織田は説明した。

夏希ばかりでなく渡辺の顔も引きつっている。

「敵はアルマロスですか」

夏希は必死に震えを抑えて訊いた。

織田はゆっくりとあごを引いた。

「アルマロスはWi‐Fi経由で機長を脅迫しています。一時間以内に指定口座に、仮想通貨のBTCかETHで一〇〇〇万ドル相当にあたる金額を振り込めとイースト・アジア・エアラインズと日本政府を脅迫しています。日本円だと一四億円弱の金額です。従わなければ本機を墜落させる。自分の実力はすでに報道等で知っているはずだ。いまの急降下も、もちろん自分の仕業だ、と」

厳しい顔つきで織田は言った。

「でも、どうしてこんな高空を飛んでいるのにWi‐Fiがつながっているのですか」

夏希には不思議でならなかった。

「赤道上空に静止衛星があって、地上からこの衛星を経由して世界中を飛んでいる航空機に電波を飛ばしているんです。弊社は航空機専用のプロバイダと契約してお客さまにWi‐Fiサービスをご提供しているのですが、まさかこんなことが……」

渡辺がかすれた声で説明した。

「わたしもこうしたクラッキングは想像もできませんでした」

織田の声はかすかに震えた。

「もしかすると、いままでのIoTサーバーのクラッキングは、このためのデモンストレーションだったのでしょうか」

夏希は乾いた声で訊いた。

「まぁ、株式で利益を得たかったこともあるのでしょう。ですが、こちらに感づかれたと知って最後の手段に出たのだと思います」

「イースト・アジア・エアラインズと日本政府は従うでしょうか」

夏希は前回の事件から、こうした脅迫に大企業や政府が従うことは難しいと知った。

「アルマロスはやはりそのためにこの便を選んだんです。続けてこう言っています。

EAS437便にはハンドーラ公国のエンリケ公子が搭乗しているはずだ。エンリケ公子が死ねば、国際問題に発展する。日本国政府・日本警察の威信は地に墜《お》ちる。黙って指定金額を支払えと……」

深い縦じわが織田の眉間《みけん》に寄っている。

「機内Ｗｉ－Ｆｉは切れないのですか」

「切れないように管理権限を奪われています。現在はＷｉ－Ｆｉシステムに電源の供給を絶つ方法はありません」

織田の顔は苦渋に満ちていた。

「そんな……」

「しかも、このままだと本機は着陸できないのです」

「えっ！」

「管理権限を奪われたままだと、着陸するための操縦が不可能なのです。燃料切れが起きたら、それでおしまいです。しかも墜落場所によっては地上に甚大な被害が生ずる恐れがあります」

「おそろしいです」

夏希の声は乾いた。

「この便はだいたい一時間半の飛行時間です。予備燃料が一時間半ほど積んでありますから合計三時間分です。アルマロスがこのままなにもしなくとも九時半頃には墜落してしまいます」

「九時半……」

全身の血がさっと引くのを夏希は感じた。

「現在、本機が陥っている状況を乗客に知られてはなりません。乗客がパニックを起こし騒ぎ出すおそれが強いです。そうなれば、津川香澄が刺激を受けてどんな行動に出るかわかりません。警備部の連中を含めてこの事態は誰からも隠す必要があります」

織田は厳しい顔つきで言った。

「わかりました」

「承知致しました」

夏希と渡辺はいっせいに答えた。

そのとき若いCAが姿を現した。

「あの、お客さまがトイレから出てこられないのですが」

CAは困ったような顔で渡辺に告げた。

間違いない。トイレに籠《こ》もっているのは津川香澄だ。

この機は彼女がトイレ内からWi-Fi経由でクラッキングしているのだ。

「いま行きます」

渡辺に続いて夏希も後方に向かった。

機体最後尾のトイレ前まで進んだ渡辺は、トイレのドアに取り付けられている受話器を取った。どうやらトイレ内と会話ができるらしい。

「お客さま、客室乗務員です。お加減が悪いのでしょうか」

懸命に渡辺は呼びかけた。

だが、受話器からは何の声も返ってこなかった。

「渡辺さん、サイバー特捜隊の真田と申します。わたしはトイレ内の女性と話したことがあります。わたしに呼びかけさせてください」

渡辺は黙ってうなずくと受話器を渡してくれた。

「津川香澄さんですね。わたしはかもめ★百合ことサイバー特捜隊の真田夏希です」

夏希はつとめておだやかな声で呼びかけた。

だが、耳もとのスピーカーは沈黙している。

「お電話ありがとうございます。あなたがお電話くださったおかげで健太郎くんの救出に向かっています」

熱意を込めて夏希は言葉を続けた。

しばらくの沈黙の後、耳もとでかすれがちの声が響いた。

「健太郎は……健太郎は救い出せたんですか」

香澄の声音は必死の響きを持っていた。

夏希は悩んだ。ここでうんと言ってしまえば、香澄はトイレから出てくるかもしれない。

だが、夏希は嘘はつきたくなかった。

それに嘘をついて一時的にごまかしても、アルマロスがＷｉ－Ｆｉを通じて香澄と連絡をとっている可能性は高い。その連絡手段を使って真実を伝えてくるかもしれない。そうなれば万事休すだ。

「いまわたしの仲間たちが懸命に居場所を捜しています」

「健太郎が死んでしまう……あの男はあと四五分以内に身代金が払われなければ、健太郎を殺します。ただひとつあの子を助ける方法は、その前にこの飛行機を墜落させることなんです」

香澄の声は泣いているように聞こえた。

「アルマロスが健太郎くんを拘束しているのですね」

ゆっくりと夏希は訊《き》いた。

「そう……いままでの三件のクラッキングも、健太郎をあの男に人質に取られていたから……お話ししましたよね」

香澄はいくぶん落ち着いた声で言った。

夏希は希望を持った。

この女性とは会話が成り立つ。これだけのクラッキングを行えるだけあって知的には非常に高い資質を持っている。どこまでも論理的思考ができる人物に違いない。

しかも、本来の性格は温厚で安定しているはずだ。言葉遣いはていねいでこんな状況でも夏希に八つ当たりをするようなことはない。

「ええ、伺いました。その男、アルマロスは糟屋武志ですね」

やんわりと夏希は告げた。

「憎んでも憎みきれない男」

香澄は吐き捨てるように言った。

「あの電話のときもあなたは糟屋に会話をさえぎられたのでしょう」

「糟屋の手下みたいな男たちです。日本人じゃありません。わたしは監禁されていたんです。そこでクラッキングをさせられていたのです。言うとおりにしないと健太郎を殺すと脅されて」

「監禁されていたのは西俣野のあばら屋ですね」

「もうそこまでつかんでいるのですか」

香澄は驚きの声を上げた。

「はい、健太郎くんを救出するために、昨日の夜中、たくさんの警察官があの家に向かいました」

「ありがとうございます」

素直に香澄は礼を言った。

「でも、健太郎くんもほかの誰もあの家にはいませんでした」

夏希は真実を伝えるしかなかった。

「わたしと健太郎は別々に監禁されていました。わたしは監視のふたりの男たちの隙を縫って逃げだし、公衆電話から真田さんに電話したんです。でも男たちに連れ戻されて……最後までお話しできませんでした。でも、真田さんはこの飛行機に乗ってくださったのね」

香澄の言葉には感謝の気持ちが感じられた。

「あのお電話で津川さんがハンドラという言葉を口にしてくださったからです、わたしたちは一所懸命に考えました。ハンドラと聞こえたけど、本当はハンドーラだったのね。いま、ハンドーラ公国のエンリケ公子がプレミアムシートに乗っていらっしゃいます。王子さまみたいなとても素敵な方ですね」

「そうね……」

「あの方だけでなく、たくさんの素敵な乗客が搭乗しています。そんな乗客の皆さんをあなたは不幸にしてはいけない。津川さん、あなたはそんなことができる人じゃないでしょう」

「わたしだってこんなことしたくない。でも、糟屋に逆らったら健太郎が殺されちゃうんです」

香澄は激しい声で言った。

「健太郎くんは必ずわたしの仲間が救い出します。仲間のなかにはすごく優秀なアリシアって子がいるの」

「アリシアちゃん？　警察犬ね」

「そう、とっても優秀。海老名のあなたのお部屋から健太郎くんのシャツとか帽子を持って来てもらってね、アリシアのお鼻の力で捜してもらってるの」

「期待できますか」

「期待できますとも」

「でも、あと四〇分しかないんです。間に合わない。健太郎が死んじゃうのっ」

香澄は激しい声で叫んだ。

「お願い、落ち着いて」

「ごめんなさい。あの子の顔が浮かんできて……」

香澄のこころは揺れ動き続けている。

「あなたはすごくいいお母さんなのね。毎日、幼稚園から帰った健太郎くんのお話を聞いてあげる時間を続けたんでしょ。それに夜寝るときには毎晩、『きかんしゃトーマス』や『おさるのジョージ』の絵本を読み聞かせしてあげた。健太郎くん喜んだんですってね。わたしの母親なんかとは比べられない。本当に素晴らしいお母さんね」

「どうしてそんなことを……」

香澄は言葉を失った。

「わたしの仲間が、しおさい幼稚園の水谷先生に聞いてきたの。わたしたちは津川さんと健太郎くんがまた幸せに生きられるように真剣に仕事してるんです」

「警察ってすごい」

うめくような声で香澄は言った。

「だから、わたしを信じて。警察を信じて」

「でも、健太郎はのど元に刃《やいば》を突きつけられている。糟屋は冷酷な男です。ちいさな生命なんて奪ってもなんとも思わない人間のクズ」

「わたしもそう思う。健太郎くんのかわいい話もたくさん聞いたの。おっきな地震がきてほしいんですって。ママがぎゅっとだっこしてくれるからって……」

「そう……そう言ってた。ああ、健太郎に会いたい」

　声を立てて香澄は泣き始めた。

「あなたはクズ男を信じるの、それとも津川さんと健太郎くんのことを真剣に考えているわたしたちを信じるの」

「でも……」

　香澄は言葉を呑《の》み込んだ。

「言いたくないけど言っちゃうね。糟屋みたいな男はね、約束を破ることも平気なはず。だから、糟屋に従ってたら、仮に今日は逃れてもいつかは必ずあなたも健太郎くんも殺される。それでもいいの」

　力を込めて夏希は言った。

「そうね、あんな男、信じられるわけがない」

　激しい口調で香澄は答えた。

「わたしを信じて。わたしたちを信じて。だから、ここから出てきて」

せいいっぱいの誠意を夏希は伝えようとつとめた。

しばらく沈黙が続いた。

ガチャリとロックの外れる音が響いた。

「ごめんなさい。もう管理者権限は戻しました。この飛行機のクラッキングは解除しました」

トイレから出てきた香澄は深々と頭を下げてタブレットを両手で差し出した。

顔色は真っ青で表情はなく、まるで死人のような顔つきだ。

「渡辺さん、機長さんに伝えて。もう操縦に問題はありませんって」

タブレットを受けとった夏希は渡辺に頼んだ。

「わかりましたっ」

いささか早足に渡辺は前方へと通路を急いだ。

後方の乗客が興味深げにこちらを見ている。

とにかく異常事態は乗客から隠しておきたい。

「わたしの隣に座って」

夏希は窓側のK36に香澄を座らせ、自分はまん中のJ36に座った。

香澄の全身は小刻みに震え続けている。

「大丈夫、もうすぐよ。もうすぐ健太郎くんは救出されます」

香澄の肩を抱きながら夏希は言い続けた。

それは夏希の願いでもあった。

「神さま……」

顔の前で手を組んで香澄は祈った。

「機長です。気象状況の問題で当機は羽田空港に引き返します。ご搭乗のお客さまには大変ご迷惑をおかけ致しまして申し訳ございません」

機長のアナウンスにキャビン内にはどよめきがひろがった。

だが、騒動には至っていない。

あきらめの声があちこちで聞こえた。

ＥＡＳ４３７便はゆっくりと右旋回を始めた。


【4】

「くそっ、まさか引っ越し先の住所がこのあばら屋だったとはな」

電話を切った加藤は舌打ちした。

今朝いちばんで幸署の刑事課員が、斉藤トランスポートに聞き込みに行ってくれた。

糟屋武志の引っ越しでサイのマークのトラックが向かった住所はここだった。

夜中に調べたとおり、アジトだった可能性は大きい。

だが、健太郎はいなかった。

現在、鑑識が現場の保存と検証を行っている。微物鑑定などから真犯人《ホンボシ》にたどり着けるかもしれない。しかし、いま加藤がなにを措《お》いてもやらなければならないことは健太郎の救出だ。

いったい健太郎はどこにいるのか……。

背後でクルマが止まる音が聞こえた。

ドアの開閉音の後で、若々しい声が響いた。

「おはようでーす」

「おはようございます」

捜査一課の石田三夫と小堀《こぼり》沙羅のコンビだった。

「なんだおまえらも来たのか」

加藤は無愛想に答えた。

隣で北原が息を呑んだ。

「なんだはないでしょ。海岸通《かいがんどおり》からサイレン鳴らして飛んできたんですよ」

石田がふくれ面で言った。

「こいつ俺の相方の北原だ」

石田にはかまわずに加藤は北原に手を差し伸べた。

「この四月に江の島署強行犯係に異動して参りました北原です。加藤さんにご指導頂いている新米です」

しゃちほこばって北原は名乗った。

「へぇ、カトチョウと組まされるなんて貧乏くじ引いたな。俺は捜一の石田だ」

石田はへらへらと笑っている。

「おまえ最近態度デカ過ぎるぞ。小堀と組んだからってそんなにえらいのかよ」

加藤の言葉に石田はにやっと笑った。

「あれ、なんか嫉妬《しっと》してませんか」

「馬鹿野郎、んなわけないだろ」

憤然とした調子で加藤は答えた。

「石田さんにご指導頂いている捜査一課の小堀沙羅です。よろしくお願いします」

沙羅はていねいにあいさつした。

「あ、ああ、はいよろしくお願いします」

北原はドギマギして答えた。

沙羅の欧米人のような美貌《びぼう》に驚いているらしい。

「小堀ちゃんはね、日仏ミックスだけど日本人なのよ」

石田はくだけた調子で紹介した。

「は、よろしくご教導ください」

緊張しきって北原は答えた。

そこへもう一台クルマがやってきた。

「おはようっす」

鑑識現場作業服姿の小川がアリシアのハーネスを持って歩いてきた。

「おお小川、悪いな。帰らせてまたすぐ呼び出したりしてよ」

ちょっと申し訳ない。加藤は素直に詫《わ》びた。

「俺はいいんすけど、アリシアが疲れ果ててますよ」

ちょっと機嫌が悪いが、アリシアのことを思ってなのだろう。

小川は自分よりアリシアが大事な男だ。

「アリシアちゃん、ご苦労さま」

やさしい声で言って沙羅はアリシアの頭をなでた。

ハーネスをつけられているアリシアはお仕事モードだ。シャキッと立った姿勢を崩さず、黒い瞳《ひとみ》を輝かせて沙羅を見つめているだけだ。

「小川、サイさんマークのトラックが向かった引っ越し先な」

「わかりましたか」

身を乗り出して小川は訊《き》いた。

「この家だったんだ」

「なんだ……」

小川はあからさまにがっかりした。

「津川香澄って母親が、健太郎は藤沢に囚《とら》われてると思うって言ってたんだ。だからここに集まってもらったんだが、どこを目指せばいいのかわからないで困っている」

加藤は正直に言った。

「藤沢は意外と広いですからね」

沙羅が嘆くように言った。

「小堀くん、辻堂育ちの辻堂人なんですよ」

石田は嬉《うれ》しそうに言った。

「でな、俺の勘で悪いんだけど、この近くじゃないかと思ってるんだ。もう一度アリシアに健太郎のシャツの匂いを追っかけてもらえないだろうか」

加藤には珍しく丁重に頼んだ。

同じことを二度アリシアにやらせるようで気の毒な気がしていた。

「別にいいっすよ。ここまで来たら同じことですから。そしたら表の道へ出ましょうか。そこからやったほうがうまくいくと思います」

アリシアのハーネスを持って、小川は表の舗装道路へ出た。

証拠収集袋に入った健太郎のシャツを加藤は小川に渡した。

白手袋を嵌《は》めた手で小川はていねいにシャツを取り出した。

「アリシア、どうだ、この匂いわかるんか」

小川がシャツを鼻先に近づけるとアリシアは鼻を突っ込んで何度も嗅《か》いでいる。

「わんっ」

アリシアはアスファルトの路面に鼻を近づけて道路を進み始めた。

だが、いままでいたあばら屋へと向かっている。

「やっぱりダメか」

小川は舌打ちした。

「うわんっ」

アリシアは夜中もそうしたようにあばら屋の玄関で止まるとひと声吠《ほ》えた。

「ここはなぁ、誰もいないんだよ」

加藤は嘆き声を出した。

「この匂いだぞ」

小川はもう一度シャツの匂いを嗅がせた。

すると、アリシアは建物の左手にある、裏山との間の細い道に鼻先を向けた。

「えっ、この先か？」

小川は不審そうな顔をしたが、かまわずにアリシアは細道へと入ってゆく。

落葉樹の林を抜けたところに、さっきのあばら屋よりずっとマシな一軒家が現れた。

平屋だが、面積は倍くらいありそうだ。

あばら屋ではないが、赤トタン屋根と薄茶色の羽目板の壁の建物はどう見ても築半世紀は経っているシロモノだ。

アリシアは玄関から五メートルほど離れた場所で動きを止めた。

小川の顔を見上げてはぁはぁと息を弾ませている。

「アリシアはこの家が気に入らないみたいです」

加藤の顔を見て小川は言った。

「どういうことだ」

首を傾げて加藤は訊いた。

「なにかの危険を感じているんですよ。これ本アジトじゃないっすか」

考え深げに小川は言った。

「この家、さっきの家の隣の番地になってますよ」

スマホでマップを調べていた沙羅が言った。

「そうか……引っ越し屋は両方の家に荷物を届けて、住所はひとつしか記載しなかったのかもしれんな」

言葉を切ると、加藤は耳を澄ませて目の前の家の気配を確かめた。

なんとなく人気《ひとけ》があるように感じるが、静まりかえって物音は聞こえない。

「よし、踏み込むぞ」

つよい声で加藤は言った。

「令状ないですよ」

北原が心細い声を出した。

「子どもが監禁されている可能性があるんだ。令状なんぞいるか」

加藤は平然とうそぶいた。まずけりゃあとで謝りゃいい。処分を受けたってかまわない。子どもの生命は二度と返らないのだ。

「配置を決める。石田と北原はこちら側に向いている四枚の掃き出し窓の前に立て。俺と小堀と小川、アリシアは玄関から踏み込む。子どもには第一の注意を払うこと、いいな」

全員が元気よく返事をした。

加藤は玄関の前に立って呼び鈴を押した。

呼び鈴はキチンと鳴った。

「すみませーん、糟屋さーん。警察なんですけど」

間延びしたような声で加藤は呼びかけた。

次の瞬間、右手の掃き出し窓のほうで荒っぽい声が聞こえた。

「逃げると撃つぞっ」

石田の声だった。

拳銃《けんじゅう》を抜いたらしい。だが、石田は撃たない。

玄関ドアが開いて、ジャージ姿のふたりの男が顔を覗《のぞ》かせた。

すぐに男たちは奥へ引っ込もうとした。

間髪を容《い》れず加藤は玄関に踏み込んだ。

「おい、逃げるなっ」

加藤は上がり框《がまち》をポンと跳ね上がった。

玄関からすぐの左手に五人の男たちがいた。

四人は茶色、灰色、黒、白のジャージ姿だった。

あとのひとりは薄手のベージュのジャンパーにデニム姿だった。

彫りの深い顔立ちのこの男は目つきが鋭く、高い鼻と薄い唇にはどこか酷薄な性格を感じさせる。

ほかの男たちのリーダー格に見える。

この男が糟屋武志だと加藤は直感した。

誰しも敵意をむき出しにした激しい表情で加藤たちをにらみつけている。

ジャージの四人は刃物を手にしている。

それぞれ刃渡りは一〇センチ近くあるナイフだ。

「刃物持ってる四人は、全員、銃刀法違反の現行犯だ」

加藤の声は朗々と響いた。

四人のジャージ男はナイフを持つ手を振りかぶった。

「小堀、一歩下がってろ」

「でも……」

「いいから下がってるんだ」

加藤は沙羅を怒鳴りつけた。

小堀はさっと後方へ身を避《よ》けた。

四人は次々にナイフを放ってきた。

ただ、四人とも腕はなまくらだった。

加藤は身体をひねって四投を避けた。

四本のナイフは床に転がったり、壁に刺さったり、玄関の土間に落ちたりした。

「危ねぇなぁ、敵の四人は素手だ。小川以外の全員で確保っ」

加藤の指示に従って沙羅、石田、北原はジャージ男たちを逮捕術で捕縛した。

短い悲鳴が次々に上がる。

手錠の金属音が響く。

ジャンパー姿の男はどこからか木刀を持ちだしてぶんぶんと振っている。

「ジャンパー男は任せて下さい、アリシア！　gå!」

小川が叫ぶと、アリシアはジャンパー男に突進していった。

次の瞬間、くるぶしに嚙《か》みつく。

「痛《いて》てっ、なにしやがるんだっ」

男は悲鳴を上げて木刀を放り出した。

アリシアは男の足を離さずに嚙みついている。

「助けてくれぇ」

男が叫んで床に転がった。

「アリシア、もういいぞっ」

小川は叫びながら、男の背後に回って右手を後ろにねじ上げてひねった。

「ぎゃっ」

男は激しい声で叫んだ。

小川の手錠がジャンパー男の右手で光った。

アリシアはさっと離れた。

勝負はあっという間についた。

糟屋らしき男は、小川にがっちり拘束された。

床には後ろ手に手錠を掛けられた四人の男が転がった。

「よしっ、終了。石田、宣告しろ」

加藤は石田に向かって叫んだ。

「氏名不詳男、八時四五分、公務執行妨害罪および銃砲刀類所持等取締法違反で現行犯逮捕」

石田は時間だけ変えて立て続けに五回も同じことを叫ばなければならなかった。

「くそっ」

糟屋武志と思《おぼ》しき男が歯嚙《はが》みして地団駄を踏んだ。

「話はゆっくり聞いてやるぞ」

そう言いつつも加藤は隣の部屋に目をやった。

隣の部屋のドアには外側から補助錠が取り付けてあった。

ツマミをまわせば容易に開くが、幼児どころか成人でも内側から開くのは困難だ。

室内からはゲームなのか電子音が響いている。

加藤は解錠してドアを開けた。

雨戸が閉め切ってある六畳くらいの板の間で、丸形蛍光灯二灯が点《つ》いている。

ひとりの男の子がポケットゲームを手にして遊んでいた。

まわりの床には菓子パンの袋やジュースのペットボトルが散らかっていた。

「おじちゃんケンカしてたの？」

子どもは目をパチパチさせて訊《き》いた。

「いゃぁ、まぁちょっとね」

加藤は返事に困った。

「なんだかちょっとこわかった。すごい音して」

子どもは本当にこわそうな表情を浮かべた。

「大丈夫だよ、おじさんはやさしいんだ。おまけに君の味方だよ」

加藤は無理にやさしい声を出した。

「僕の味方なんだ」

子どもは声を弾ませた。

「ところで君の名前は？」

必死に笑顔を作って加藤は訊いた。

「津川健太郎、五歳」

子どもは嬉《うれ》しそうに名乗った。

「マルタイ保護っ！」

加藤は大声で叫んだ。

【5】

織田が早足で戻ってきた。

「津川さん、安心してください。健太郎くんはわたしたちが無事に保護しました！」

弾んだ声で織田は夏希がいちばん待っていた言葉を叫んだ。

「やったっ！」

夏希は飛び跳ねたい気分だった。

「よかった……健ちゃん……」

香澄は座席の上でへなへなと姿勢を崩した。

両目から涙があふれ出ている。

「糟屋武志と外国人四人の身柄を確保しました。もうあなたを脅かすものはなにもありませんよ」

晴れ晴れとした声で織田は伝えた。

「ありがとうございます。本当にありがとうございます」

立ち上がった香澄は、夏希と織田に何度も何度も頭を下げた。

「真田さん、わたしはあなたに救われました。あなたのおかげでとんでもなく恐ろしい罪を犯さずにすみました」

香澄は少し身体をかがめて夏希にしっかりと抱きついた。

夏希は香澄を抱き返した。

その姿勢のまましばらく香澄は嗚咽《おえつ》を漏らし続けた。

もとの姿勢に戻って夏希たちは前方に視線を戻した。

「健太郎くんを奪われて、本当につらい毎日だったね」

いたわりの言葉を掛けると香澄はこくんとうなずいた。

「わたし、世田谷の千歳船橋《ちとせふなばし》で幸せに暮らしてたんです。マスターコースを出てからある大手メーカーに勤務してハッカーとしてその製造管理システムを守る仕事をしていました。その職場で主人……健太郎の父親と出会って結婚したんです。明るくてやさしくて健太郎のこともとてもかわいがってくれて、非の打ち所のない人でした。ところが、健太郎が二歳のときに主人が横断歩道でトラックにはねられて……ほとんど即死でした。わたしが健太郎を抱いて病院に駆けつけたときにはもう冷たくなっていて」

香澄は低く沈んだ声で言った。

「そんな悲しい思いをしたなんて」

　夏希はそれ以上の言葉が出てこなかった。

「わたしは三年間の育児休業の期間中だったんですが、それからなにをする気力もなくなってしまいました。結局、そのまま復職できなかったんです。実はわたし大学生の頃に立て続けに両親を病気で亡くしてひとりぼっちだったんです。だから、経済的にも子育てのことでも誰も頼る人がいなくて……。主人が掛けていた生命保険の保険金を食い潰《つぶ》しているような毎日でした。それでもいつまでもこんなことはしていられないとなんとか立ち上がって近くの独立系の小規模事務機器専門商社に働きに出ました。商品の在庫や出荷管理をするシステム構築のSEの仕事です。もっとも派遣なので報酬は安かったんですけど、健太郎を保育園に預けて一所懸命働いていました」

　平らかに香澄は言った。

「頑張ったんですね」

　香澄は急に暗い顔つきに変わった。

「そんなときに親切ごかしに近づいて来たのが糟屋でした。知り合ったのはその職場です。糟屋は取引先でした。その頃の糟屋は経営コンサルタントを名乗っていました。話のついでにわたしがHACKONの優勝チームにいたことなんかも話したんです。

それでわたしがハッカーとしての能力があるところに目をつけたみたいです」

「あなたの才能に目をつけて近づいて来たのね」

「そのときはそんなことには気づきませんでした。糟屋は健太郎にもいろんな物を買ってくれて可愛がってくれたんです。それでつきあうようになって……辻堂に移っていきました。健太郎もずいぶん成長してきて、わたしといつも一緒にいることを望んでいました。わたしは在宅勤務できるＩＴエンジニアの仕事を見つけて、健太郎はしおさい幼稚園に通わせました。最初は糟屋と一緒に住んでいたんですけど、一ヶ月くらいすると家にちっとも帰ってこないようになって。家賃だけは払ってくれてたんで、経済的にはなんとかなりました」

「そうだったの」

「ところが、時々顔を出す糟屋はどんどん本性を現してきて……わたしにクラッキングをしろと要求するんです。わたしの技術を使えば大もうけができるって言って……。もちろん耳を貸しませんでした。すると、暴力を振るい出しました。面倒見てやってるのにその言い草は何だって殴りつけるんです。糟屋の正体を知ってすべてが嫌になりました。それでわたしは健太郎をつれて夜逃げしました」

暗い顔で香澄は言った。

「海老名へ引っ越したんですね」

「はい、今年の一月です。糟屋に見つかると嫌なので、仕事もせずに家に引きこもっていました。主人の生命保険の残りでなんとか暮らしていたんです。ところが、つい一週間ほど前ですけど、糟屋がいきなり健太郎を誘拐したんです。健太郎はあの男のことをよく知っていますから、家の外で遊んでいるときにうまいこと言われてノコノコついていってしまったようです。糟屋はそれからわたしを脅し始めました。言うことを聞かないと健太郎が痛い目に遭うって」

香澄は大きく顔をしかめた。

「ひどい、ひどすぎる」

夏希は叫び声を上げて、あわてて掌《てのひら》で口を押さえた。

「それでわたしも糟屋に呼び出されてスマホも奪われて西俣野の家に監禁されました。それからです。ＩｏＴデバイスのクラッキングを続けさせられたのは。糟屋が株で利益を得ようとしていることもわかっていました。あの男はむかしは証券会社の営業マンだったこともあるんで、株の取引には詳しいんです。相当借金していろいろな準備をしたみたいですが」

「そのとき健太郎くんは？」

「健太郎はどこか別のところに監禁されていたんです。でも、ご飯はちゃんと食べさせてたみたいだし、ゲームなどを与えて手荒なことはしていなかったらしいです。毎晩一回はわたしを監視している男のスマホに健太郎から電話させていましたので、ようすはわかりました。あの子が無事でいられるならば、わたしはなんでもしようと思っていました」

「健太郎くんをダシに使うなんて本当に卑劣ね」

「まさかあんな男だなんて……」

香澄は暗い顔でうつむいた。

「あなたは騙《だま》されていたんだから……」

夏希の胸にあらためて怒りがわき上がってきた。

「糟屋からは逃げたり密告したりしたら、すぐに健太郎を殺すと脅されていました。ところが、一昨日《おととい》の昼、今日の計画を告げられました。さすがに恐ろしくなって耐えきれなくなりました。監視の男たちはだらしのない連中でしょっちゅう酔っ払ってました。なんとか隙を見て逃げ出して真田さんに電話したんです」

「電話くださって本当によかった」

「かもめ★百合さんのことは知ってましたので、どうしても相談したくて。でも、失敗しちゃった。男たちにすぐに捕まってしまったんです。電話番号は警察庁のサーバーから頂きました。ごめんなさい」

香澄はぺこりと頭を下げた。

「いいの、そんなこと……」

話を聞いているうちに、夏希のはらわたは煮えくり返ってきた。こんなに優秀で愛情深い女性をまさに食い物にした。それもこれ以上ないほどに卑劣な手段で。

糟屋という男を八つ裂きにしてやりたい欲求が、夏希のこころにふつふつと沸いてきた。

警察官はそんな意識を持ってはいけないことは百もわかっているのだが。

「アジトで津川さんを監視してた男って何者なんですか」

夏希は気持ちを切り替えようと、質問を続けた。

「あの男たちは糟屋がネットに出した募集広告に釣られて集まった中国人です。多少なりとも武術の心得のある男たちらしいです。報酬に目がくらんで糟屋の手下をやっていました。わたしは少しだけ中国語がわかるのでなんとか会話できましたが、それ以上の詳しいことは知りません。だらしなくて荒っぽい男たちでした」

香澄は顔をしかめた。

「糟屋はペーパーカンパニーを株式売買に使っていたんですが、その会社に名義を貸した人たちも募集広告に釣られたようですね」

その点では同じやり口だ。

「糟屋は本当はローンウルフなんです。仲間なんてひとりもいない……むかしからお金になることなら、人殺し以外はなんでもやってきたようです。でも、最近は投資で損して追い詰められていたと思います。今日のことだって、警察にしっぽをつかまれそうになったから、大金をせしめて外国に逃亡するつもりだったんです。わたしや健太郎の生命なんてなんとも思っていないクズです」

香澄は吐き捨てるように言った。

「たしかに……。追い詰められてたから、こんな大それた計画を考えたんですね。でも、あなたと健太郎くんを救えてよかった」

間一髪だったが、彼女たちを助けることができた。

あらためて夏希は、幸運を感ぜずにはいられなかった。

「健太郎を救ってくださって、糟屋を捕まえてくださった皆さまへのご恩は一生忘れません」

真剣そのものの顔で香澄は言った。

その後の飛行にはまったく問題がなく、九時七分にEAS437便は朝日輝く羽田空港に着陸した。

ほとんどの乗客は、グランドスタッフに案内されて新千歳行きの次の便に搭乗するための出発ロビーに向かうエスカレーターに進んだ。

夏希と織田は香澄を挟んで出会いのひろばのベンチに座っていた。

神奈川県警が迎えのパトカーをよこすことになっていた。

トイレに立った夏希がベンチに戻ろうとすると、向こうからエンリケ公子の一団がやってきた。

かるく黙礼をして見送ろうと思っていたが、一行は夏希の前で立ち止まった。

ブラックスーツの警護官たちは、一瞬のうちにフォーメーションを組んで公子を囲んで立ち四方に目を光らせている。

「かもめ★百合さん、会えてうれしいです」

とつぜんたどたどしい日本語が聞こえた。

エンリケ公子が右手を差し出してきた。

「あ、はい、わたしも嬉《うれ》しいです」

夏希はあわててエンリケ公子の手を握った。意外と華奢《きゃしゃ》な手だった。

「あなた、今日はわたしを助けてくださってありがと」

力いっぱい公子は手を上下に振った。

「どうしてそれをご存じですか」

不思議に思って聞いたが、公子の答えは早口の英語になってしまった。

「ごめんなさい、わたし英語苦手なんです」

自分の頬が熱くなるのを夏希は感じた。織田なら何のことはなくヒヤリングできるだろう。

「公子はあなたがドクター真田であることも今日の事件を解決したことも、あなたの上司である織田隊長から伺ったとおっしゃっています」

隣に立つ金髪の美女が驚くほどきれいな発音の日本語で通訳してくれた。

織田は余計なことを話したものだ。

「ありがとうございます。わたしひとりの力ではありません。仲間たちみんなの力です。地上でさまざまな活動をしてくれた仲間がいたからこそ、わたしの力も発揮できたのです」

少しも謙遜《けんそん》ではなく、夏希の本音だった。

美女はこれまたきれいな発音の英語で公子に伝えた。

夏希の目を見つめて公子はふたたび英語で話しかけてきた。

「あなたは日本一優秀な心理捜査官と聞いています。精神科医でもあり、脳神経科学博士でもあるそうですね。あなたを見習って、僕も勉強を重ねていきたいです」

通訳が終わると、公子はにっこりと笑ってうなずいた。

「は……そんなことも織田は話しましたか」

夏希は内心で舌打ちした。

「いいえ、織田隊長ではありません。わたしの親友の龍造寺《りゅうぞうじ》ミーナさんから聞いています」

公子はさらりと言った。

「えっ、ミーナちゃんをご存じなんですか」

あまりにも意外なミーナの名前が出てきて、夏希は飛び上がるほど驚いた。

「はい、わたしはいまエストニアのタリン工科大学のサイバーセキュリティエンジニアリングで学んでいます。一年生です。ミーナさんは同級生です」

「失礼ですが、おいくつでいらっしゃいますか」

「はい、一七歳です」

飛び級があるのだ。公子はふたつ以上歳上に見える。

ヨーロッパ人の年齢はわかりにくい。とても少年には見えない。

しかし、ミーナはまだ一五歳のはずだ。なんという優秀な子どもたちだろう。

「あなたは優秀なのですね」

「ミーナさんに比べるとデキが悪いです。でも真田さんはミーナさんがもっとも尊敬する人だそうですね」

「そんな、とんでもない話です」

「ハンドーラ公国にお越し下さい。ミーナさんと一緒にぜひ。大歓迎します」

公子はまたもにこっと笑った。

笑顔にはどこか稚気が残っている。

「ありがとうございます。ミーナちゃんに、たまには日本に帰ってきてと伝えてください」

「必ず伝えます。それではまたお目に掛かりましょう」

「はい、またお目に掛かる機会を楽しみにしています」

手を振りながら公子はエスカレーターに向かって歩き始めた。

ベンチに戻って織田にエンリケ公子の話をしているところに人影が近づいて来た。

「よぉ、無事でよかったなぁ」

のんきな声を出したのは加藤だった。

「加藤さん、いろいろありがとうございました」

礼を言ったそのとき、加藤の腰のあたりから黒い影がしゅるっと飛び出した。

「ママぁー」

甲高く細い、それでも必死な声が響いた。

「健太郎っ」

涙交じりに香澄は叫んだ。

なるほど母親によく似たとてもかわいい子だ。

ちょっと長めの髪が色白の顔に似合っている。

「ごめんね、健ちゃんごめんね、ママが悪かったね、淋《さび》しかったね」

床に膝《ひざ》をついた香澄は健太郎を固く抱きしめた。

「大丈夫、ママいるもん。ここにいるもん」

健太郎は香澄の存在を確かめるように言った。

香澄は自分の頬を健太郎の頬に押し当てた。

「ママいるよ、いつも健ちゃんのそばにいるよ」

声を震わせて香澄は繰り返し、健太郎をさらにつよく抱きしめた。

「ぎゅっとしてくれた。ママ大好きっ」

健太郎は心底嬉しそうに言った。

「ママも健ちゃん、大好きよ」

香澄は健太郎の頰をすりすりした。

「ママのほっぺ気持ちいい」

「健ちゃんのほっぺたもあったかいね」

香澄の頰をひと筋の涙が伝わって流れた。

夏希の瞳《ひとみ》にも涙がにじんだ。

どうにかこの母子が、離れずに済む方法はないものか……。

だが、それはもう警察の手を離れた司法の領域の話だ。

母子のようすをずっと見ていた加藤は、沈んだ顔でふたりに近づいていった。

「さ、健ちゃん。ママと一緒にドライブだ」

一転して明るい顔を作った加藤は、やさしい声で健太郎に言った。

「どこ行くの」

不思議そうに健太郎は訊《き》いた。

「海の見える高いところだよ」

加藤は泣き笑いのような顔で言った。

「ママと一緒ならいい」

健太郎はちょっと不安そうな声を出した。

「もちろんママも一緒さ」

加藤は気を引くように言った。

「そんならいいよ」

その場でちいさくスキップして健太郎は言った。

「では、よろしくお願いします」

織田が静かに加藤に声を掛けた。

「了解しました。石田もクルマで来ておりますので、県警本部まではそちらにお乗りください」

「承知しました。加藤さんのご尽力とご配慮に感謝します」

織田の言葉に加藤は身体を深く折る正式な室内の敬礼をした。

健太郎の右手と香澄の左手がしっかりつながれている。

その横で執事のように加藤が付き従っていた。

出口から射し込む逆光に三人のシルエットが遠ざかってゆく。

香澄と健太郎の結びつきはなにより尊く思われた。

これからはふたりで幸せになってね、と夏希はつよく願うのだった。

夏希と織田は肩を並べて外へ出た。

「あっ、みんな！」

夏希は叫んだ。

笑顔を浮かべた石田、沙羅、小川……そしてちぎれんばかりにしっぽを振るアリシア。

大切な仲間がそろっている。

「アリシア！」

夏希はたまらずアリシアに駆け寄った。

屈《かが》んでアリシアの頬に自分の頬をすりつけた。

「くうん」

アリシアは気持ちよさそうに鳴いた。

「ありがとね。助けてくれたんだね」

夏希の腿《もも》にアリシアは自分のお尻《しり》をぴとんとくっつけた。

久しぶりのこの愛情表現がなんともいとおしい。

「先輩、みんな必死だったんすよ。俺もけっこう苦労したんだから。カトチョウにこき使われて」

落ち着かなく身体を揺らして石田が言った。

「石田さん、なんかあの若い江の島署の人と張り合ってませんでしたか」

沙羅がふふふと笑った。

「へぇ、その人、加藤さんの新しい恋人？　ヤキモチ焼かない焼かない」

夏希の言葉に石田は激しく手を振った。

「なに言ってんすか。俺はカトチョウの運転手やめられて、小堀さんと組めて最高にラッキーなんっすから」

口を尖《とが》らせて石田は抗議した。

「真田、意外と元気じゃん」

そっぽを向いて小川が言った。

「あのね、いつになったら真田さんと呼べるわけ」

夏希は腕組みして答えた。

「まぁ、無事ならいいよ」

小川は足もとの小石を蹴《け》った。

「みんなほんとにありがとう。わたし幸せだよ」

全員に向かって夏希は頭を下げた。

たとえ職場が違っても、この仲間たちとはずっと一緒に仕事をしていきたい。

夏希は三人とアリシアを眺めながらつよく願った。

六月はじめの空はターコイズブルーの快晴だった。

梅雨入り前のさわやかな薫風が夏希の頬を駆け抜けていった。

本書は書き下ろしです。
本作はフィクションであり、登場する
人物・組織などすべて架空のものです。

脳《のう》科《か》学《がく》捜《そう》査《さ》官《かん》　真《さな》田《だ》夏《なつ》希《き》

サイレント・ターコイズ

鳴《なる》神《かみ》響《きょう》一《いち》

令和５年　１月25日　初版発行

発行者●山下直久

発行●株式会社KADOKAWA
〒102-8177　東京都千代田区富士見2-13-3
電話　0570-002-301（ナビダイヤル）

角川文庫 23505

印刷所●株式会社暁印刷
製本所●本間製本株式会社

表紙画●和田三造

●お問い合わせ
https://www.kadokawa.co.jp/（「お問い合わせ」へお進みください）
※内容によっては、お答えできない場合があります。
※サポートは日本国内のみとさせていただきます。
※Japanese text only

ISBN 978-4-04-113310-1　C0193

◇◇◇

角川文庫発刊に際して

角川源義

第二次世界大戦の敗北は、軍事力の敗北であった以上に、私たちの若い文化力の敗退であった。私たちの文化が戦争に対して如何に無力であり、単なるあだ花に過ぎなかったかを、私たちは身を以て体験し痛感した。西洋近代文化の摂取にとって、明治以後八十年の歳月は決して短かすぎたとは言えない。にもかかわらず、近代文化の伝統を確立し、自由な批判と柔軟な良識に富む文化層として自らを形成することに私たちは失敗して来た。そしてこれは、各層への文化の普及滲透を任務とする出版人の責任でもあった。

一九四五年以来、私たちは再び振出しに戻り、第一歩から踏み出すことを余儀なくされた。これは大きな不幸ではあるが、反面、これまでの混沌・未熟・歪曲の中にあった我が国の文化に秩序と確たる基礎を齎らすためには絶好の機会でもある。角川書店は、このような祖国の文化的危機にあたり、微力をも顧みず再建の礎石たるべき抱負と決意とをもって出発したが、ここに創立以来の念願を果すべく角川文庫を発刊する。これまで刊行されたあらゆる全集叢書文庫類の長所と短所とを検討し、古今東西の不朽の典籍を、良心的編集のもとに、廉価に、そして書架にふさわしい美本として、多くのひとびとに提供しようとする。しかし私たちは徒らに百科全書的な知識のジレッタントを作ることを目的とせず、あくまで祖国の文化に秩序と再建への道を示し、この文庫を角川書店の栄ある事業として、今後永久に継続発展せしめ、学芸と教養との殿堂として大成せんことを期したい。多くの読書子の愛情ある忠言と支持とによって、この希望と抱負とを完遂せしめられんことを願う。

一九四九年五月三日

角川文庫ベストセラー

脳科学捜査官　真田夏希　　鳴神響一

神奈川県警初の心理職特別捜査官・真田夏希は、医師免許を持つ心理分析官。横浜のみなとみらい地区で発生した爆発事件に、編入された夏希は、そこで意外な相棒とコンビを組むことを命じられる――。

脳科学捜査官　真田夏希
イノセント・ブルー　　鳴神響一

神奈川県警初の心理職特別捜査官の真田夏希は、友人から紹介された相手と江の島でのデートに向かっていた。だが、そこは、殺人事件現場となっていた。そして、夏希も捜査に駆り出されることになるが……。

脳科学捜査官　真田夏希
イミテーション・ホワイト　　鳴神響一

神奈川県警初の心理職特別捜査官・真田夏希が招集された事件は、異様なものだった。会社員が殺害された後に、花火が打ち上げられたのだ。これは殺人予告なのか。夏希はSNSで被疑者と接触を試みるが――。

脳科学捜査官　真田夏希
クライシス・レッド　　鳴神響一

三浦半島の剱崎で、厚生労働省の官僚が銃弾で撃たれ殺された。心理職特別捜査官の真田夏希は、この捜査で根岸分室の上杉と組むように命じられる。上杉は、警察庁からきたエリートのはずだったが……。

脳科学捜査官　真田夏希
ドラスティック・イエロー　　鳴神響一

横浜の山下埠頭で爆破事件が起きた。捜査本部に招集された神奈川県警の心理職特別捜査官の真田夏希は、カジノ誘致に反対するという犯行声明に奇妙な違和感を感じていた――。書き下ろし警察小説。

角川文庫ベストセラー

脳科学捜査官 真田夏希
パッショネイト・オレンジ
鳴神響一

脳科学捜査官 真田夏希
デンジャラス・ゴールド
鳴神響一

脳科学捜査官 真田夏希
エキサイティング・シルバー
鳴神響一

脳科学捜査官 真田夏希
ストレンジ・ピンク
鳴神響一

脳科学捜査官 真田夏希
エピソード・ブラック
鳴神響一

鎌倉でテレビ局の敏腕アニメ・プロデューサーが殺された。犯人からの犯行声明は、彼が制作したアニメを批判するもので、どこか違和感が漂う。心理職特別捜査官の真田夏希は、捜査本部に招集されるが……。

葉山にある霊園で、大学教授の一人娘が誘拐された。その娘、龍造寺ミーナは、若年ながらプログラムの天才。果たして犯人の目的は何なのか？ 指揮本部に招集された真田夏希は、ただならぬ事態に遭遇する。

キャリア警官の織田と上杉の同期である北条直人が失踪した。北条は公安部で、国際犯罪組織を追っていたという。北条の身を案じた2人は、秘密裏に捜査を開始するが――。シリーズ初の織田と上杉の捜査編。

神奈川県茅ヶ崎署管内で爆破事件が発生した。捜査本部に招集された心理職特別捜査官の真田夏希は、SNSを通じて容疑者と接触を試みるが、容疑者は正義を掲げ、連続爆破を実行していく。

警察庁の織田と神奈川県警根岸分室の上杉。二人には、決して忘れることができない「もうひとりの同期」がいた。彼女の名は五条香里奈。優秀な警察官僚だった彼女は、事故死したはずだった――。

角川文庫ベストセラー

警視庁潜入捜査官 イザヨイ
須藤靖貴

警察庁から出向し、警視庁に所属する志塚典子に、上層部から極秘の指令がくだった。それは、テレビ局内で起きた元警察官の殺人事件を捜査することだった。犯人は、警察内部にいるのか？ 新鋭による書き下ろし。

警視庁ＳＭ班Ⅰ
シークレット・ミッション
富樫倫太郎

警視庁捜査一課に新設された強行犯特殊捜査班。そこは優秀だが組織に上手く馴染めない事情を持った刑事6人が集められた部署だった。彼らが最初に挑むのは女子大生の身体の一部が見つかった猟奇事件で——！

警視庁ＳＭ班Ⅱ
モンスター
富樫倫太郎

若い女性の人体パーツ販売の犯人は逮捕された。だが事件に関係した女性たちが謎の失踪を遂げ、班長の薬寺までもが消えてしまう。まだあの事件は終わっていないというのか？ 個性派チームが再出動する！

刑事にだけはなりたくない
警務課広報係永瀬舞
中谷航太郎

赤羽署警務課広報係の永瀬舞は、猫を拾って仕事をさぼった翌日、自身の住むマンションの側で、殺人事件が起きていたことを知らされた。舞が昨日被害者に会っていたことから、捜査に参加することに。

鳥人計画
東野圭吾

日本ジャンプ界期待のホープが殺された。ほどなく犯人は彼のコーチであることが判明。一体、彼がどうして？ 一見単純に見えた殺人事件の背後に隠された、驚くべき「計画」とは!?

角川文庫ベストセラー

探偵倶楽部　東野圭吾

「我々は無駄なことはしない主義なのです」——冷静かつ迅速。そして捜査は完璧。セレブ御用達の調査機関〈探偵倶楽部〉が、不可解な難事件を鮮やかに解き明かす！　東野ミステリの隠れた傑作登場!!

さいえんす？　東野圭吾

「科学技術はミステリを変えたか？」「男と女の〝パーソナルゾーン〟の違い」「数学を勉強する理由」……元エンジニアの理系作家が語る科学に関するあれこれ。人気作家のエッセイ集が文庫オリジナルで登場！

殺人の門　東野圭吾

あいつを殺したい。奴のせいで、私の人生はいつも狂わされてきた。でも、私には殺すことができない。殺人者になるために、私には一体何が欠けているのだろうか。心の闇に潜む殺人願望を描く、衝撃の問題作！

ちゃれんじ？　東野圭吾

自らを「おっさんスノーボーダー」と称して、奮闘、転倒、歓喜など、その珍道中を自虐的に綴った爆笑エッセイ集。書き下ろし短編「おっさんスノーボーダー殺人事件」も収録。

さまよう刃　東野圭吾

長峰重樹の娘、絵摩の死体が荒川の下流で発見される。犯人を告げる一本の密告電話が長峰の元に入った。それを聞いた長峰は半信半疑のまま、娘の復讐に動き出す——。遺族の復讐と少年犯罪をテーマにした問題作。

角川文庫ベストセラー

使命と魂のリミット　東野圭吾

あの日なくしたものを取り戻すため、私は命を賭ける――。心臓外科医を目指す夕紀は、誰にも言えないある目的を胸に秘めていた。それを果たすべき日に、手術室を前代未聞の危機が襲う。大傑作長編サスペンス。

夜明けの街で　東野圭吾

不倫する奴なんてバカだと思っていた。でもどうしようもない時もある――。建設会社に勤める渡部は、派遣社員の秋葉と不倫の恋に墜ちる。しかし、秋葉は誰にも明かせない事情を抱えていた……。

ナミヤ雑貨店の奇蹟　東野圭吾

あらゆる悩み相談に乗る不思議な雑貨店。そこに集う、人生最大の岐路に立った人たち。過去と現在を超えて温かな手紙交換がはじまる……張り巡らされた伏線が奇蹟のように繋がり合う、心ふるわす物語。

ラプラスの魔女　東野圭吾

遠く離れた2つの温泉地で硫化水素中毒による死亡事故が起きた。調査に赴いた地球化学研究者・青江は、双方の現場で謎の娘を目撃する――。東野圭吾が小説の常識をくつがえして挑んだ、空想科学ミステリ！

超・殺人事件　東野圭吾

人気作家を悩ませる巨額の税金対策。思いつかない結末。褒めるところが見つからない書評の執筆……作家たちの俗すぎる悩みをブラックユーモアたっぷりに描いた切れ味抜群の8つの作品集。

角川文庫ベストセラー

魔力の胎動　東野圭吾

彼女には、物理現象を見事に言い当てる、不思議な"力"があった。彼女によって、悩める人たちが救われていく……東野圭吾が小説の常識を覆した衝撃のミステリ『ラプラスの魔女』につながる希望の物語。

刑事に向かない女　山邑圭

採用試験を間違い、警察官となった椎名真帆は、交通課勤務の優秀さからまたしても意図せず刑事課に配属されてしまった。殺人事件を担当することになった真帆の、刑事としての第一歩がはじまるが……。

刑事に向かない女 違反捜査　山邑圭

都内のマンションで女性の左耳だけが切り取られた絞殺死体が発見された。荻窪東署の椎名真帆は、この捜査でなぜか大森湾岸署の村田刑事と組まされることになる。村田にはなにか密命でもあるのか……。

刑事に向かない女 黙認捜査　山邑圭

解体中のビルで若い男の首吊り死体が発見された。男は元警察官で、強制わいせつ致傷罪で服役し、出所したばかりだった。自殺かと思われたが、荻窪東署の刑事・椎名真帆は、他殺の匂いを感じていた。

コールド・ファイル 警視庁刑事部資料課・比留間怜子　山邑圭

初めての潜入捜査で失敗し、資料課へ飛ばされた比留間怜子は、捜査の資料を整理するだけの窓際部署で、鬱々とした日々を送っていた。だが、被疑者死亡で終わった事件が、怜子の運命を動かしはじめる！